Mord am Siegburger Michaelsberg

AF236602

Rhein-Sieg-Kreis Krimi

Mord am

Siegburger Michaelsberg

Der 16. Fall der Kommissarin Thekla Sommer

© Kersten Wächtler

www.rsk-krimi.de

Bibliografische Information der Deutschen Nationalbibliothek:

Die Deutsche Nationalbibliothek verzeichnet diese Publikation in der
Deutschen Nationalbibliografie; detaillierte Daten sind im Internet über
http://dnb.dnb.de
abrufbar

1.Auflage
Erschienen 06/2022
Copyright © 2022 Kersten Wächtler
Coverbild: © Sandra Rösgen
Herstellung und Verlag: BoD – Books on Demand, Norderstedt
ISBN: 9783754332009

Alle Personen und Tathergänge sind frei erfunden.

Ähnlichkeiten mit lebenden oder toten Personen sind rein zufällig.

Die siebzehnjährige Simone Welter erwachte. Sie
öffnete die Augen und starrte in die Dunkelheit. Ihr Kopf
pochte so, als wäre eine Horde Pferde über sie drüber
gelaufen. Sie spürte auch, dass ihr Rücken stark
schmerzte. Sie versuchte sich an den gestrigen Abend zu
erinnern. Grinsend erinnerte sie sich daran, dass sie mit
Freundinnen bei einer Party von Susanne Clemens war.
Es sollte eine berauschende Party zum Abschluss der
Junggesellinnenzeit werden, da Susanne nächste Woche
heiraten würde. Obwohl Susanne nur vier Jahre älter war
als Simone, wünschte sie sich von ihrem Freund, mit dem
sie seit zwei Jahren eine gemeinsame
Dachgeschoßwohnung in Siegburg-Wolsdorf bezogen
hatte, ein Baby. Dieser Wunsch sollte nun in Erfüllung
gehen ebenso wie der Wunsch, den gemeinsamen
Lebensweg mit einer Hochzeit zu besiegeln. War die
Party so aus dem Ruder gelaufen, dass der Alkohol
Simones Körper dermaßen zugesetzt hatte und sie deshalb
einen „Brummschädel" hatte? Simone spürte, dass sie
fröstelte und instinktiv griff ihre rechte Hand nach der
Decke. Da sie sich nachts öfter frei strampelte, vermutete
sie auch heute die Decke im Bereich ihrer Beine. Doch, -
was war das? Simones rechter Ellenbogen berührte eine
Wand und beim Versuch sich aufzurichten, stieß ihr Kopf
gegen etwas Hartes. Reflexartig wollte sie ihren Kopf
wieder in das weiche Kissen fallen lassen, jedoch knallte

ihr Hinterkopf auf einen harten Untergrund. Panik erfasste Simones Bewusstsein. Wo war sie hier? War das einer der Alpträume, die sie seit einiger Zeit plagten? Sie streckte die Arme in die Höhe und stellte fest, dass ihre Hände, etwa vierzig Zentimeter über ihr, gegen Holzbretter stießen. Ihre Panik nahm zu, als sie links und rechts neben sich ebenfalls Bretter berührte. Simone schrie wie von Sinnen. War sie in einem Sarg? War sie lebendig begraben? Was war passiert? Sie trommelte wild mit den Händen und Füssen gegen die oberen und seitlichen Bretter des Verschlages. Tränen schossen ihr in die Augen und liefen ihr seitlich am Kopf herunter.

»Hilfe! – Hallo! –Hilfe!«, schrie sie so laut sie konnte, wobei sie nicht bemerkte, dass sie sich ihre Hände und ihre nackten Füße vom Schlagen an dem rauen Holz bereits blutig gerieben hatten. »Hallo, - ist da jemand? « rief sie in Panik immer lauter. Die Angst in ihr nahm weiter zu, gerade auch als ihr die Gedanken kamen, lebendig beerdigt worden zu sein. Neben ihren Kopfschmerzen merkte sie, wie sie immer mehr zu frieren begann. War es eine Reaktion des Körpers, der sich durch die hervorgerufene Situation, in der sie sich befand nun auf „Notreserve" umschaltete? Simone wollte sich durch ein Umklammern des Körpers Wärme verschaffen, wobei sie feststellte, dass sie außer einem Slip und ihrem BH gar keine Kleidung anhatte. Hatte man sie fast nackt in einen Sarg gelegt und dann auf einem Friedhof beerdigt?

Langsam glitten ihre zitternden Hände über ihren Körper, vom Hals ausgehend bis zum Bauch, wo sie dann innehielt. »Was ist das? « dachte sie, als sie etwas Feuchtes auf ihrem Bauch aber auch weiter unten im Bereich des Slips und den Oberschenkeln berührte. Simone musste würgen. Nur mit Mühe unterdrückte sie den Brechreiz. Hatte sich ein Perverser an ihr vergangen und hatte sich auf ihr ergossen? Oder war sie sogar von mehreren Männern auf abscheuliche Art missbraucht worden? Sie erinnerte sich an nichts. Einige Minuten vergingen. Nachdem Simone erkannte, dass die Schreie und Schläge gegen die Bretter keinen Sinn zu haben schienen, hielt sie inne und konzentrierte sich darauf, erst einmal zur Ruhe zu kommen und nachzudenken. Sie hob, immer noch auf dem Rücken liegend, ihren Hinterkopf etwas an und drückte ihr Kinn gegen den vorderen Bereich ihres Halses. Dabei schaute sie in die Richtung ihrer Füße und sah einen schmalen Lichtschein, der ihre Zehen umspielte. Zuerst glaubte sie, es wäre eine Wunschprojektion ihres Gehirns, aber der Lichtstrahl war Realität. Da sich Simones Augen an die Dunkelheit gewöhnt hatten, nahm sie nun den Lichtschein und die schemenhaften Umrisse ihrer Beine wahr. Hoffnung machte sich um ihr Herz breit, da sie doch nicht beerdigt zu sein schien. Wieder schrie sie laut los. »Hilfe! - ist da jemand? Hilfe! Nach einer Weile sackte sie erneut von dem kraftraubenden Geschrei in sich zusammen. Da,- auf einmal hörte sie, wie von fern ein leises Wimmern.

9

»Hallo? – Ist da noch jemand? « nahm Simone eine leise, mädchenhaft wirkende Stimme wahr.

Simone schöpfte Hoffnung auf nahende Rettung und schrie: »Hier, - hier bin ich, in einer Kiste«. Sie stampfte wie wild mit der ihr verbliebenen Kraft immer und immer wieder mit ihren Füßen gegen den unteren Teil des, wie sie meinte, Holzsarges. Plötzlich merkte sie, dass ihre Bemühungen Erfolg hatten. Langsam gaben die Nägel der zusammengezimmerten Kiste nach und mehr Licht drang durch den größer werdenden Spalt am Fußende. Voller Zuversicht das „Gefängnis" verlassen zu können, nahm sie alle Kraft zusammen und trat, wie von Sinnen, zu. Endlich hatte sie es geschafft! Gedämpfte Helligkeit flutete den Holzverschlag und Simone robbte ganz langsam auf dem Rücken liegend über die splitterhaltigen Bretter nach unten ins Freie, wobei sie in einen kalten großen mit hellgrauen Kacheln gefliesten Raum gelangte. Licht schimmerte durch schmale verglaste Lichtschächte, die unterhalb der Decke angebracht waren und bereits Jahre nicht mehr gereinigt worden waren.

*

Fünf Schüsse, schnell hintereinander abgefeuert, zerfetzten die Stille des frühen Samstagmorgens, der einer kalten Nacht wich. Die Schüsse hallten über den Dächern von Siegburg bis hin zum TÜV am Stallberg und weiter bis hin zur JVA am Brückberg und bis zum ICE-Bahnhof. Abgefeuert wurden die Schüsse auf halber Höhe des Michelsbergs, unweit vom „Johannistürmchen" entfernt, aus einer „Beretta M951", einer Selbstladepistole, die seinerzeit in Italien für die dortigen Streitkräfte entwickelt wurde. Sie konnten ihr Ziel nicht verfehlen, denn Wolfgang Lambrecht stand nur etwa vier Meter von der tödlichen Waffe entfernt, als der Abzug betätigt wurde. Lambrecht hatte noch gefleht:

»Man kann doch über alles reden, - ich mache alles wieder gut. Wieviel Geld willst Du? «

Es hatte keinen Einfluss mehr darauf gehabt, dass der Abzug der totbringenden Waffe betätigt wurde.

*

Thekla Sommer, Leiterin der Dienstgruppe II der Siegburger Mordkommission, hatte ihre Laufschuhe der Marke ACSIS angezogen und joggte auf dem Weg von ihrer Wohnung am Siegburger Stallberg in Richtung Siegburg Zentrum. Sie hatte ein mäßiges Lauftempo eingelegt. Ihre morgendlichen circa sieben Kilometer

11

langen Runden zum Michelsberg hin, den sie dreimal umrundete, um wieder nach Hause zu laufen, sollten lediglich ihrer Ausdauer dienen, die sie in ihrem Job gelegentlich brauchte. Um sich dann noch auszupowern und Kampfsport zu trainieren, hatte sie sich in einem Siegburger Kick-Box-Center angemeldet, das sie hin und wieder aufsuchte. Als Thekla an diesem Morgen die Straße „Neuenhof", an der Siegburger Feuerwache verließ, um zum Michelsberg und über den Rundweg zu laufen, der an der „Schlittenwiese" vorbeiführte, auf der sich bereits Theklas Vater in seiner Kindheit im hohen Schnee vergnügt hatte, kam sie zu einem Tatort, der mit rot-weißem Flatterband bereits abgesperrt war. Die Kollegen der Spurensicherung in ihren weißen Overalls, gingen dort bereits ihrer Arbeit nach.

»Moment bitte«, meinte ein Streifenbeamter der Siegburger Polizeidienststelle und kam Thekla mit erhobener Hand entgegen, als diese das Plastikband hochhielt, um darunter hindurch, aufrecht zu gehen, »das ist ein Tatort, - Sie können hier nicht so einfach ...«.

»Lass gut sein«, rief ihm ein älterer Kollege zu, der dem neuen Streifenkollegen, die ersten Tage seines Dienstes zugeteilt war, »das ist die Mordkommission, - wenn auch in Zivil«. Der Kollege winkte Thekla lächelnd zu. Thekla hob die Hand und grüßte zurück, blieb jedoch vor dem neuen Kollegen stehen, schaute ihm geradewegs

12

in die Augen und meinte mit ausgestreckter Hand: »Guten Morgen Kollege, - Thekla Sommer, Mordkommission«.

Der Leiter der Spurensicherung machte Thekla auf die undeutliche Spurenlage rund um den Fundort der Leiche aufmerksam. »Wir haben hier sehr viele unterschiedliche Fußspuren«, meinte er, »aber das ist auch kein Wunder. Das hier«, er zeigte auf den wundervollen Ausblick über die Dächer von Siegburg, »lädt ja so manchen Spaziergänger und Jogger ein«. Er beugte sich wieder über den Toten.

Thekla ging näher zu dem Fundort, der dort liegenden Leiche. »Kann man schon etwas sagen? « fragte Thekla, obwohl ihr der Fall noch gar nicht zugeteilt war. Vor ihr lag ein Mann mittleren Alters, durchsiebt von mehreren Einschusslöchern.

*

Die letzten Tropfen heißen Wassers tröpfelten in das fein gemahlene Kaffeemehl. Robert Hanf, Theklas Lebensgefährte und gleichzeitig auch Kollege in der gleichen Dienstgruppe der Mordkommission, hatte frische Brötchen beim Bäcker um die Ecke besorgt. Er freute sich darauf, mit seiner Liebsten am bereits gedeckten Tisch, das Wochenende zu beginnen. Normalerweise lief Robert hin und wieder mit Thekla gemeinsam die

Trainingsstrecke, doch nachdem es am Vorabend etwas spät geworden war, fühlte er sich heute Morgen zu müde. »Eins von den fünfzehn Warsteiner Pils muss wohl schlecht gewesen sein« dachte er, wobei er grinsen musste. Jeden Moment erwartete er Thekla zurück, doch statt der Türklingel, klingelte sein Handy.

»Schatz, - wo bleibst Du? Der Tisch ist gedeckt«, sprach er, bevor Thekla etwas sagen konnte.

»Das Frühstück muss warten«, entgegnete Thekla, »wir haben einen neuen Fall. Soeben hat mich Alfred angerufen und gebeten, einen möglichen Mordfall am Michelsberg zu übernehmen. Kurioserweise war ich bereits vor seinem Anruf am Fundort der Leiche. Die Spusi war bereits vor Ort, als ich auf meiner üblichen Laufstrecke hier ankam«.

»Kann uns Fred nicht einmal ein freies Wochenende gönnen? « maulte Robert ins Handy. Er wusste, dass Alfred Bollenkamp, der Leiter der drei Dienstgruppen der Mordkommission, die an der Frankfurter Straße in Siegburg untergebracht war, die Dienste an eine freie Dienstgruppe verteilen musste. Er wusste auch, dass Fred dabei immer sehr gerecht vorging. Dass es dieses Mal Theklas Team traf, war keine böse Absicht.

Robert dachte wieder an den gestrigen Abend. Sie waren auf der Verlobungsfeier eines uniformierten Kollegen, dessen Wache ebenfalls im Polizeipräsidium in Siegburg, wie auch die Kriminalpolizei, untergebracht ist. Zu der Feier waren neben den Kollegen der Wache und einige von der Kripo, etwa weitere fünfzehn Freunde des Paares eingeladen. Da die Feier im Garten der Braut stattfand, hatte man zur Verpflegung der Gäste einen mobilen Street-Foot-Wagen angeheuert. Unter dem Namen „Onkel Fritts" hatten sich zwei clevere Bornheimer in Bornheim und dem Vorgebirge einen guten Namen gemacht, hochwertige Erzeugnisse zu leckeren und kreativen Snacks zuzubereiten. Ob Rheinischer Sauerbraten mit handgeschnittenen Pommes, mariniertes gegrilltes Schweinefleisch mit hausgemachtem Krautsalat oder Räucherlachs mit Zitronen-Majo mit Kräutern und Zitrone auf Pommes, - hier war für jeden Geschmack etwas dabei. Dazu war an dem Imbisswagen stets Kölsche Musik zu hören. Ein Dialekt, den die beiden Betreiber des Street-Foot Events ausgiebig pflegten. Nicht nur an festen Standorten, sondern auch zu verschiedenen Anlässen waren die Zwei buchbar, so eben auch hier bei der Verlobungsfeier.

Nachdem Robert aufgelegt hatte, räumte er eilig den bereits auf dem Frühstückstisch stehenden Frischkäse und die Wurst in den Kühlschrank. Bevor er den frischen Kaffee aus der Kanne in den Ausfluss kippte, nippte er

noch an seiner Tasse. Dann machte er sich auf den Weg zu
Thekla, die am Michaelsberg wartete. Thekla hatte die
Kollegen der Dienstgruppe II., Peter Ludwig und Lisa
Drollig bereits informiert und diese waren nun ebenfalls
auf dem Weg zum Tatort. Lisa war vor einem halben Jahr
nach Siegburg-Zange gezogen. Sie war es leid, ewig von
Bonn aus über die viel befahrene Bundesstraße 8 und den
Knotenpunkt Sankt Augustin zu fahren. Stets stand sie
dort im Stau, wenn sie ins Polizeipräsidium nach
Siegburg wollte. Heute nun war sie bereits nach wenigen
Minuten bei Thekla. Sie hatte sich für die Fahrten
innerhalb Siegburgs und der näheren Peripherie, einen
Vespa Roller zugelegt. Thekla hatte zum Absuchen der
näheren Umgebung noch einige Beamte der Polizeiwache
angefordert. Bereits nach kurzer Zeit meldeten sich die
uniformierten Beamten über Funk bei Thekla und den
Kollegen der Mordkommission. Sie hatten etwa
einhundert Meter vom Fundort der Leiche entfernt, eine
weitere Leiche entdeckt. Unter dichtem und zur Abfuhr
zusammengelegten Haufen abgesägter Äste und Reisig,
lag der nackte Leichnam einer jungen Frau. Thekla eilte
mit den Kollegen der Dienstgruppe II zur beschriebenen
Stelle des Fundortes. Dort, unterhalb des zur Abtei
Michaelsberg gehörenden Johannistürmchens, lag die
junge Frau. Eine von Thekla sofort alarmierte zweite
Abteilung der Spurensicherung, stellte nach kurzer
Begutachtung des Fundortes fest, dass es sich vermutlich
nicht um den Tatort handeln würde, da keinerlei

Kampfspuren zu sehen waren, die junge Frau jedoch vermutlich Opfer einer Sexualstraftat wurde. Der Schambereich der jungen Frau wies eindeutige Merkmale, wie Rötungen, Abschürfungen und auch Hämatome auf, die auf eine Vergewaltigung hindeuteten. Die Umgebung der Leiche allerdings zeigte keine Schleifspuren oder Spuren eines Kampfes.

»Vermutlich ist die Frau hier abgelegt und mit den Ästen notdürftig bedeckt worden. Der oder die Täter wollten wohl ein sofortiges Auffinden der Leiche verhindern«, meinte der Leiter der zweiten Spusi Gruppe.

»Kann man schon etwas zu der Todesursache oder zumindest zum Todeszeitpunkt, sagen? « fragte Thekla.

Der Pathologe schüttelte den Kopf. »Es sind keine äußeren Einflüsse erkennbar, die sich als todesursächlich bezeichnen ließen. Nach der Obduktion wirst Du Näheres erfahren. Als Tatzeit würde ich vorsichtig kalkuliert etwa vor zwölf bis achtzehn Stunden, schätzen«.

»Danke«, meinte Thekla und fügte hinzu, »bitte sag der Gerichtsmedizin, dass ich den Obduktionsbefund schnellstmöglich auf meinem Schreibtisch brauche. Genauso wie den des Mannes, dessen Leiche dort hinten«, Thekla drehte sich halb zur Seite und zeigte in Richtung des ersten Teams der Spurensicherung, »gefunden wurde«.

Kopfnickend zog sich der Kollege wieder die Kapuze seines weißen aus Polypropylen bestehenden Overalls über den Kopf und wandte sich wieder der weiblichen Leiche zu.

*

David Sommers Faust traf Julians Stirn mit voller Wucht zwischen dessen Augen, etwas oberhalb der Nase. Nur eine Sekunde vorher hatte David ihn an seiner rechten Schulter herumgerissen, da Julian ihm mit dem Rücken zugewandt stand. Julian fiel wie ein gefällter Baum nach hinten auf seinen Rücken. Als er sich nach einigen Sekunden, die er wie benommen am Boden lag, wieder aufrappelte und bereits auf einem Knie abgestützt wieder aufstehen wollte, traf ihn der Absatz von Davids Stiefeletten kraftvoll mitten ins Gesicht. Julian hörte noch wie ihm das Nasenbein brach und er spürte wie ihm das warme Blut über Mund und Kinn lief. Dann wurde er ohnmächtig. Sofort standen einige Mitschülerinnen und Mitschüler um den am Boden liegenden Julian. Das Szenario hatte auf dem Pausenhof des Gymnasiums stattgefunden, auf das Theklas Sohn David und dessen Freundin Jana Kaminski gingen. Der Lehrer, dem die Pausenaufsicht zugetragen war, eilte herbei und rief, als er den blutenden und bewusstlosen Schüler am Boden liegen sah, den Rettungswagen.

»Was ist hier los? « schrie der Lehrer in die lachende und teilweise Beifall klatschende Gruppe Schüler, die nun rund um das Geschehen in einer Dreierreihe stand.

»Wir hatten hier einen Zwischenfall« begann Jana den aufgebrachten Lehrer zu beruhigen, »der dazu geführt hat, dass…«.

»Einen Zwischenfall? « fragte der Lehrer so laut, dass sich seine Stimme fast überschlug, »hier liegt ein Junge der möglicherweise mit seinem Leben ringt, - und Du nennst das einen Zwischenfall? «

David stellte sich vor den Lehrer und schaute ihm geradewegs in die Augen. »Hören Sie mal«, meinte er, »der Typ wird sich bestimmt schnell erholen. Wahrscheinlich ist ihm nur eine Ader in der Nase geplatzt. Das blutet immer wie sau«.

»Warst Du das? « fragte der Lehrer für Mathematik, den David eigentlich ganz gut leiden konnte, da er den Unterrichtsstoff gut vermitteln konnte.

David wollte gerade antworten, doch in diesem Moment fuhr ein Streifenwagen mit Blaulicht durch das geöffnete Tor auf den Schulhof, durch das gerade erst der Krankenwagen das Gelände verlassen hatte. Die beiden Streifenbeamten sprangen aus dem Auto und eilten zu David und dem Lehrer, da beide in recht aggressiver Haltung zueinanderstanden.

»Wer hat sie denn gerufen? « fragte der Mathelehrer erstaunt.

»Wir sind von der Rettungsleitstelle informiert worden mit dem Hinweis auf „Schlägerei auf dem Schulhof des Gymnasiums mit Schwerverletztem". Uns ist gerade der Rettungswagen begegnet und es stellt sich so dar, als seien wir nicht umsonst hierhergekommen sind.

Nachdem der Lehrer die Situation geschildert hatte, wie er sie vorgefunden hatte, verlangtem die Beamten den Personalausweis von David, um seine Identität festzustellen. Dieser überlegte kurz, ob er Angaben zum Tathergang machen solle. Seine Mutter hatte oft von ihren Fällen erzählt und wie manche ihrer überführten Täter beim Antreffen am Tatort besser keine Angaben zur Sache gemacht hätten, da sie manchmal Taten zugegeben hatten, die sich im Nachhinein nicht als Realität erwiesen. Dann jedoch brach es aus ihm heraus:

»Der Kerl ist an unserer Schule bekannt als jemand, der gerne andere provoziert und auch schon mal

20

zuschlägt. Ich stand mit meiner Freundin«, David nahm seine immer noch vor Aufregung zitternde Freundin Jana in den Arm, »als sich der Typ hinter sie stellte, sie mit beiden Armen umklammerte und beide Brüste mit den Händen fest umklammerte und knetete. Gleichzeitig drückte er seinen Körper von hinten dicht an den von Jana und führte mit seinem Unterleib Bewegungen aus, als wolle er sie fi..., ähm, ich meine, als würde er Geschlechtsverkehr ausüben«.

Die umherstehenden Schaulustigen Mitschüler fingen zum größten Teil laut an zu lachen.

»Und dann? «, wollte einer der uniformierten Polizisten wissen.

»Dann kochte augenblicklich die Wut in mir hoch, zumal Jana anfing zu schreien. Sie schien sich in einer Notsituation zu befinden, aus der sie sich nicht selber befreien konnte. Zusätzlich zu dem tätlichen Angriff auf Jana wurde sie auch noch einer ehrabschneidenden Situation ausgesetzt, die zu einer Panikattacke führte. Da sich mein anschließendes Verhalten rechtlich durchaus als „Nothilfe" werten lässt, was ich hier auch als Rechtfertigungsgrund für meine Handlung offiziell äußere, sehe ich keinen Grund, dass ich eine strafbare Handlung begangen habe«.

Die Polizisten schauten sich verwundert an. Woher kannte sich der Junge so gut mit den Begriffen „Nothilfe" und „Rechtfertigungsgrund" aus?

»Der anschließende Tritt ins Gesicht fällt aber gewiss nicht mehr unter „Nothilfe", da diese nur dazu dient, einen gegenwärtig andauernden Angriff abzuwehren«, meinte einer der Polizisten.

David überlegte kurz, bevor er erwiderte: »Zu diesem Tatbestandsmerkmal gebe ich an, hier in einem Putativnotwehrexzess gehandelt zu haben. Nach §33 des Strafgesetzbuchs handelt derjenige, der unter Furcht oder Verwirrtheit handelt und sich in einer vermeintlichen Notwehrlage befindet, straffrei. Da Julian hier in der Schule als brutaler Schläger bekannt ist, ging ich unter Furcht davon aus, dass er nachdem er sich aufgerappelt hätte, nun einen Angriff auf mich starten würde. Daher meine Notwehrhandlung«.

Wieder schauten sich die beiden Polizeibeamten erstaunt an. Als sie dann jedoch die Personalien von David aufnehmen wollten und auf den Personalausweis schauten, sahen sie David fragend an.

»David Sommer? Bist du verwandt mit Thekla Sommer, der Kriminalkommissarin? «

»Ja, - das ist meine Mutter«

Jetzt wurde den Streifenbeamten klar, warum sich David so gut mit dem Strafgesetzbuch auskannte.

»Da wird Deine Mutter sicherlich nicht erfreut sein, wenn gegen Dich ein Verfahren wegen gefährlicher Körperverletzung zukommt«, meinten die Beamten, als sie wieder zu ihrem Streifenwagen gingen, nachdem sie den Sachverhalt fachlich aufgenommen und die Personalien von David, Thekla und dem Mathelehrer aufgenommen hatten.

»Ich denke«, rief David den beiden hinterher, »ob ein Verfahren eröffnet wird, entscheidet der Staatsanwalt. Bei der vorliegenden Nothilfe- und Notwehrsituation ist das noch fraglich«.

David drehte sich zu Lisa um und legte den Arm um ihre Schulter. Dann gingen die Beiden zurück in den Klassenraum, um sich für den heutigen Tag freistellen zu lassen.

*

Thekla ging vom Fundort der Mädchenleiche wieder zurück zu dem Fundort der Männerleiche, die sie bei ihrem morgendlichen Trainingslauf zufällig vorgefunden hatte. Robert, Lisa und Peter folgten ihr, wobei sich Lisa jedoch noch einmal zu den Kollegen der Spurensicherung umdrehte, die den Fundort der Mädchenleiche untersuchten. Sie blickte auf das oberhalb befindliche „Johannistürmchen" und meinte:

»Die Leiche wirkt wie eine Opfergabe, - so unterhalb eines Kapellenrestes abgelegt«.

Thekla schaute Lisa von der Seite aus an und meinte lächelnd, während sie weiter in Richtung des etwa einhundert Meter entfernten ersten Leichenfundortes gingen: »Das ist kein Rest einer Kapelle, sondern es ist ein Wehrturm eines einstigen Wehrganges, der die Bastei umschloss. Es ist das Johannistürmchen. Es diente damals als Zugang zum Wehrgang. Hier war in den siebziger Jahren ein beliebter Treffpunkt von Verliebten. Man konnte sich hier, als die nähere Umgebung noch dicht bewaldet war, treffen und sich unbeobachtet händchenhaltend die Liebe gestehen«.

»Sicherlich auch mehr«, meinte Robert, der die Sache mal wieder aus der männlichen Perspektive sah. Schnell hob er jedoch seinen rechten Arm und winkte mit der geöffneten Hand nach oben. »Ist ja gut, - ich habe nichts gesagt«. Thekla hatte ihm nämlich einen strafenden Blick zugeworfen.

24

»Auch ich habe hier meinen ersten Kuss von meinem damaligen Freund erhalten, allerdings war das oben am Türmchen direkt. - Dort ist jetzt noch ein kleines Stück Wiese erhalten geblieben, - im oberen Bereich der Bruchsteinmauer, an dessen Fuße nun die Leiche liegt. Es war allerdings wirklich nur ein erster Kuss, abseits von der elterlichen Obhut und den Menschen, die am Marktplatz dem geschäftlichen Treiben nachgingen«.

Am Fundort der ersten Leiche angekommen, kam den Kriminalbeamten der Leiter der Spurensicherung entgegen. Er hielt einen durchsichtigen Asservatenbeutel hoch und meinte: »Hier, - das haben wir dort unten am Fuße des Michaelsberges, nahe des Parkplatzes gefunden. Es handelt sich um die Geldbörse des Toten. Darin befand sich sein Personalausweis, der Führerschein, Fahrzeugpapiere und diverse Zettel mit Zahlen«.

Thekla zog sich Einmalhandschuhe an, nahm den Beutel, öffnete diesen und entnahm die Geldbörse. »Wolfgang Lambrecht, siebenundvierzig Jahre alt, wohnhaft: Schulstraße 577 in Niederpleis«, las sie vor.

»Niederpleis? – Wo ist das denn? « fragte Lisa, die noch nicht so lange im Siegburger Polizeipräsidium ihren Dienst machte. Sie hatte sich vor etwa einem Jahr auf die freigewordene Stelle in Theklas Team beworben und war von Norddeutschland hierhergezogen.

Robert prahlte mit seinen Kenntnissen und wirkte mal wieder „oberlehrerhaft". »Niederpleis ist ein Stadtteil von Sankt Augustin mit etwa dreizehntausend Einwohnern. Es grenzt, unterbrochen von der Sieg und den Sieg Auen an Siegburg«.

Thekla zog den Fahrzeugschein aus dem hinteren Fach der Geldbörse und klappte ihn auseinander. »Herr Lambrecht fährt einen Passat Kombi mit dem Kennzeichen SU-KW 1958. Habt Ihr dieses Fahrzeug auf dem Parkplatz da unten, entdecken können? « fragte sie den Spusileiter.

Dieser schüttelte den Kopf, als er sagte: »Da haben wir noch nicht nachschauen können. Wir sind schließlich hier an einem Tatort und für die Spurensuche zuständig«

Thekla winkte ab. »Schon gut«, sagte sie, »das können auch die Kollegen der Schutzpolizei übernehmen. Sie schickte Robert zu den zahlreichen Beamten, die gerade damit beschäftigt waren, die Fundorte weiträumig abzusperren. Dieser trottete auf Geheiß von Thekla davon, um die Anweisung weiterzugeben.

»Kein Geld? « Thekla schaute fragend in die Runde.

»Nur das Kleingeld war darin«, meinte der Spusileiter. »Vermutlich hat jemand die Scheine herausgenommen und das Portemonnaie dann achtlos weggeschmissen«.

»Also Raubmord? « fragte Lisa irritiert.

Diesmal meldete sich der Kollege Peter Ludwig. »Oder jemand wollte seine Schulden beglichen haben, die der Tote bei ihm hatte. Es kann doch sein, dass Herr Lambrecht nicht zahlen wollte und der Täter ihn erschoss, wonach dieser sich dann das geliehene Geld selber holte«.

»Bitte nur Fakten. Vermutungen heben wir uns für die Dienstbesprechung auf, in der wir festlegen, in welche Richtungen wir unsere Ermittlungen aufnehmen. Dennoch sind es gute Überlegungen«, meinte Thekla, die ihre kriminalistische Vorgehensweise stets befolgte, aber auch Peter mit seinen geäußerten Gedanken nicht zurücksetzen wollte.

Peter nickte.

»Am besten dürfte es sein«, meinte Thekla, die bislang keine direkte Verbindung beider Leichenfunde sah, »wir warten die endgültige Spurensuche und die Ergebnisse der Obduktionen ab, bevor wir voreilige Berührungspunkte der Opfer vermuten«. Sie schaute auf ihr Handy und sah, dass es mittlerweile kurz vor Mittag war. Da sie immer noch in ihren Joggingklamotten steckte, beschloss sie: »Wir treffen uns in zwei Stunden im Präsidium zur Dienstbesprechung. Geht Ihr inzwischen etwas essen. Ich werde mir zuhause etwas Ordentliches anziehen und mit Robert dann auch ins Präsidium kommen. Wo steckt er denn überhaupt? «

Alle hielten Ausschau in die Richtung, in die Robert eben verschwunden war. Dieser kam jedoch ziemlich abgekämpft aus der entgegengesetzten Richtung den Berghang quer durch die dort stehenden Bäume herauf gekraxelt.

»Die können sich den nächsten Kasten Bier selber schenken, den ich den Jungs sonst einmal im Monat für ihre gute Zusammenarbeit in der Wache vorbeibringe«, keuchte er.

Thekla schaute ihn mit in Falten gelegter Stirn fragend an.

»Also«, sagte Robert, »ich habe sie gefragt, ob sie nach dem Wagen Ausschau halten könnten aber sie meinten, sie seien noch aus der Nachtschicht im Dienst und würden auf ihre überfällige Ablösung warten. Wenn ich den Wagen auf dem Parkplatz suchen würde, solle ich das doch selber machen. Ich sei schließlich ausgeschlafen«.

»Menschlich nachvollziehbar«, meinte Lisa.

*

Nach kurzer Wartezeit klingelte Robert Hanf ein zweites Mal. Er stand neben Thekla an der Haustüre des Hauses „Schulstraße 577", dem Haus in dem der Tote laut Eintrag im Personalausweis gewohnt hatte. Die beiden Kriminalbeamten hatten die leidvolle Aufgabe übernommen, der Ehefrau das Ableben ihres Mannes mitzuteilen. Aus der Gegensprechanlage kam ein leises: »Ja bitte? «

»Guten Tag, hier ist die Polizei, - können Sie mal bitte öffnen? « fragte Thekla.

»Zu wem wollen Sie denn? « fragte die weibliche Stimme zögerlich.

»Wir möchten gerne zu Familie Lambrecht. Sind Sie Frau Lambrecht? «

»Ja, - schon, - aber worum geht es denn? « Frau Lambrecht schien schlechte Erfahrungen an der Türsprechanlage gemacht zu haben. Sie meinte: »einen Moment bitte, - ich komme runter«.

Nachdem die Haustüre einen Spalt breit geöffnet wurde, bemerkte Robert, wie die etwa fünfzigjährige Frau mit ihrem linken Fuß die Türe am unteren Ende gegen weiteres Öffnen sicherte. Diese „Sicherung" hätte ein kräftiger Mann mit einem heftigen Ruck gegen die Türe leicht überwinden können aber für Frau Lambrecht schien dies eine subjektive Barriere darzustellen.

Thekla und Robert hielten ihre Dienstausweise so, dass Frau Lambrecht sie sehen konnte.

»Thekla Sommer, Kripo Siegburg, das hier ist mein Kollege Robert Hanf«, Thekla zeigte auf ihren Lebensgefährten. »Sind Sie Frau Lambrecht? « fragte sie.

Die Frau hinter der Türe kniff die Augen zu Schlitzen zusammen, wobei sich auf ihrer Stirn Falten bildeten. Zögerlich sagte sie: »Ja, - worum geht es denn?

»Können wir das vielleicht drinnen besprechen, fragte Robert, der nun zuerst sanft und dann immer kräftiger von außen gegen die Türe drückte. »Wir glauben, dass es für

Sie nicht angenehm ist, dies hier draußen zu besprechen, wo jeder das Gespräch mitbekommen könnte«.

Frau Lambrecht ließ die beiden Kripobeamten in den Flur, meinte jedoch sofort, man ginge besser in ihre Wohnung, da jedes Wort im Treppenhaus sehr hallte und so in dem Mehrparteienhaus wirklich jeder die Unterhaltung mithören konnte. Nachdem die Drei den kleinen Vorraum in der Wohnung betreten hatten und die Wohnungstüre geschlossen war, drehte sich Frau Lambrecht um und schaute Thekla in die Augen.

»Sagen Sie mir doch bitte worum es geht«, meinte sie, »hat einer meiner beiden Zwillinge was angestellt? «

Thekla schüttelte den Kopf und schluckte, - so als wenn sie einen Kloß runterschlucken müsste. Es war ihr, wie wahrscheinlich auch jedem anderen ihrer Kolleginnen und Kollegen immer noch schwer, eine Todesnachricht zu überbringen. Sie zögerte.

Das bemerkte Robert augenblicklich, da er Thekla und jede ihrer Regungen und Zögerungen genau kannte. Deshalb übernahm er sofort das Wort.

»Frau Lambrecht, - wir müssen Ihnen leider die traurige Nachricht überbringen, dass wir Ihren Mann vor kurzem mit tödlichen Verletzungen am Michaelsberg aufgefunden haben. Können sie uns vielleicht sagen, was ihr Mann um diese Uhrzeit dort machte? «

Den zweiten Teil des Satzes hatte Frau Lambrecht nicht mehr wahrgenommen. Entsetzt hatte sie das Gefühl, als wenn ihr bei lebendigem Leib das Herz rausgerissen würde. Sie taumelte leicht zurück und stützte sich an der Wand, wobei sie sich auf einen kleinen Schrank neben der Garderobe setzte, der als Ablage für Schlüssel und diverses Kleinmaterial diente. Thekla eilte die drei Schritte zu der Frau und stützte sie, indem sie ihren Arm um sie legte.

»Brauchen Sie ein Glas Wasser? « fragte Thekla besorgt.

Frau Lambrecht nickte. Sie hatte ihre Gesichtsfarbe verloren und schaute Thekla aus weit geöffneten Augen an. Thekla stützte die schwankende Frau, als diese versuchte aufzustehen und in Richtung Küchentüre zu gehen. Noch bevor Beide die Türe erreichten, schaute Thekla zu Robert und zeigte diesem mit einer raschen Kopfbewegung an, dass dieser die Türe öffnen solle. Dann suchte Robert in einem der Hängeschränke nach einem Glas. Prompt öffnete er den Hängeschrank, in dem sich die Teller befanden. Im zweiten Schrank befanden sich Tassen und Gläser. Eines der Trinkgläser füllte Robert mit Leitungswasser und reichte es Frau

Lambrecht, die Thekla bis zum Stuhl am Küchentisch geführt hatte. Nach einigen Minuten fragte sie: »Wieso tot am Michaelsberg? Was ist passiert? «

»Ihr Mann wurde heute Morgen, von mehreren Schüssen getroffen, aufgefunden. Wir haben gerade mit den Ermittlungen begonnen. Können Sie uns sagen, was Ihr Mann am Michaelsberg suchte oder mit wem er sich dort getroffen hat? « wiederholte Thekla in ruhigem Ton die Frage, die Robert bereits gestellt hatte.

Frau Lambrecht schüttelte den Kopf. »Nein, - ich habe keine Ahnung. Wolfgang war seit gut einem halben Jahr sehr wortkarg gewesen. Er fuhr in letzter Zeit immer häufiger alleine weg. Gemeinsamkeiten hatten wir so gut wie keine mehr und auch unseren Söhnen gegenüber wurde er immer zurückhaltender«.

Die Tür zur Küche wurde geöffnet und hinein kam ein groß gewachsener junger Mann, nur mit einem Handtuch um die Hüften geschlungen. Erschrocken blickte er die Fremden Leute an, die mit seiner Mutter in der Küche waren.

»Oh, - wir haben Besuch? « meinte er und ging zum Kühlschrank. Julian Lambrecht, einer der beiden Zwillingssöhne hatte gerade geduscht und holte sich einen Red Bull aus dem Kühlschrank. »Der schmeckt mir gut gekühlt am besten. Er holte eine zweite Dose heraus und hielt ihn in Roberts Richtung, dabei befand er sich immer noch in gebückter Haltung. »Auch einen? « fragte er, als er ins Gesicht des Kripobeamten schaute. Robert verneinte und so schloss Paul den Kühlschrank wieder zu.

»Das ist Julian, einer unserer Söhne«, meinte Frau Lambrecht und in Richtung des halbnackten Sohnes sagte sie: »Julian, Papa ist tot! «

Julian verschluckte sich, weil er die schnell geöffnete Dose bereits an den Mund geführt und mit zurückgelegtem Kopf einen kräftigen Schluck genommen hatte.

»Was? « rief er laut, »Wieso das denn? «

Julian Lambrecht setzte sich auf den Küchenstuhl neben seine Mutter.

»Die Kriminalpolizei ist hier und hat mir gerade berichtet, dass Papa erschossen worden ist«. Fassungslos schaute sie ihren Sohn und danach Thekla und Robert an. Robert jedoch schaute nur auf das Handtuch, welches locker um die Hüften des jungen Mannes geschlungen war. Würde es halten, - oder Theklas Blick auf die Männlichkeit des athletisch gebauten Kerls freigeben, überlegte Robert. Paul hatte einen gestählt wirkenden

Körper mit breiten Schultern und sehr durchtrainierten
Muskeln. »So sah ich mit Mitte zwanzig auch aus«,
dachte er neidvoll und erinnerte sich daran, dass so
manche Currywurst bei „Imbiss Paul" in Kaldauen, sowie
das abendliche Warsteiner Pils, einen ansehnlichen
Bauchansatz zum Vorschein kommen ließ.

»Wo waren sie denn heute Nacht«? hörte Robert sich
sagen.

Frau Lambrecht und ihr Sohn sahen Robert
erschrocken an. Glaubte der Kripomensch etwa, sie hätten
mit dem Mord etwas zu tun?

Thekla merkte sofort das augenscheinlich
aufkommende Missverständnis und meinte: »Mein
Kollege glaubt jetzt sicherlich nicht …! Das sind bei uns
absolute Routinefragen, die dazu gehören. In diesem Fall
nun aber verfrüht gefragt«. Thekla schaute Robert zornig
an. Dieser deutete den Blick und wollte keinen selbst
gemachten Zorn seiner Liebsten auf sich ziehen und
meinte zu dem jungen Mann: »Sorry, - das war nun
vielleicht wirklich etwas unvorteilhaft gefragt - aber der
kriminalistische Alltag …«

Julian Lambrecht winkte mit einer ausholenden
Bewegung ab. »Schon gut«, meinte er, stand auf und

wollte die Küche verlassen. »Ich geh mir grad etwas anziehen und sag Ben Bescheid«.

Frau Lambrecht schaute Thekla an.

»Ben ist der zweite Zwilling«, gab sie von sich und hielt Robert das ausgetrunkene Glas entgegen. »Könnten Sie mir bitte nochmal etwas Wasser nachschenken? « fragte sie.

*

Simone Welter schaute sich in dem riesigen Raum um. Es war kalt und der leichte Lichteinfall, der unter der Decke angebrachten schmalen Fenster, ließ den schmutzigen Raum unwirklich erscheinen. »Hier scheint es sich um eine verlassene Lagerhalle oder eine vergammelte alte Werkstatt zu handeln«, dachte sie. Der geflieste Boden war mit einer zentimeterdicken Staubschicht überdeckt, der die vielen Fuß- und Schleifspuren, deutlich sehen ließ. Die Spuren verliefen von einer riesigen Stahltüre auf der einen Seite zu einer anderen großen Türe auf der rückwärtigen Seite des Raumes.

»Hallo, - ist da jemand? Ich brauche Hilfe! « hörte Simone eine leise, heiser wirkende Stimme rufen. Sie ging zu der Türe, hinter der sie die Stimme vermutete und

drückte die Klinke herunter. Nur mit Mühe konnte
Simone die Eisentüre öffnen, da sich unter der Türe
Schmutz und winzige Steinchen verkeilt hatten. Die
siebzehnjährige erschrak und war gleichfalls erleichtert.

»Oh Gott, - wer bist Du denn? fragte sie, als sie die
achtzehnjährige Jenny von Ley an der kahlen Wand
stehen sah. Sie war nackt und mit einer langen Kette, die
an einem Ende mit einem Haken in der Wand und mit
dem anderen Ende mit einem riesigen Ring um den Hals
des Mädchens, angebunden. Dieser Ring war
zusammengehalten mit einem kleinen Vorhängeschloss,
das zwar klein aber stabil genug war, es nicht mit bloßer
Kraftanstrengung zu zerstören. Jenny sackte in sich
zusammen, als sie die mit Slip und BH bekleidete Simone
sah. Die Hoffnungslosigkeit in ihr wich der Erleichterung,
nicht mehr alleine zu sein und den gierigen und geilen
Männern nicht länger ausgeliefert zu sein. Es brach aus
ihr heraus. Weinend hockte sie am Boden als Simone zu
ihr kam und sie in den Arm nahm.

»Was ist hier los? « fragte Simone, »Wo sind wir hier?
Wer bist Du? Was läuft hier ab und wie kommen wir hier
hin? Es waren viele Fragen die Simone stellte, doch Jenny
von Ley zeigte nur auf einen in der Ecke stehenden
Kasten mit Sprudelwasser. »Bitte« flüsterte sie. Das
sprechen schien ihr schwer zu fallen. Sie hatte ganz
trockene und bereits aufgeplatzte Lippen. Die Peiniger,

die Jenny hier angebunden hatten, hatten ihr zwar das Wasser dort stehen gelassen, damit sie nicht verdurstete, - aber die Kette um ihren Hals war etwa achtzig Zentimeter zu kurz, um an den Kasten zu gelangen. Gierig trank Jenny die ganze Flasche des erfrischenden Wassers leer ohne abzusetzen. Dann schmiegte sie sich an die, neben ihre kniende Leidensgenossin.

»Wie gut, dass Du lebst«, sagte Jenny, »ich dachte schon, Du hättest die Spritze ebenfalls nicht überlebt und sie hätten auch Dich weggebracht«. Jenny zeigte in Richtung eines kleinen vergammelten Tisches, der in einer Ecke des Raumes stand. »Dort drüben liegt der Schlüssel zu dem Schloss an meinem Hals. Kannst Du den bitte holen und mich endlich von diesem Scheiß hier befreien? «, sie zeigte auf den großen Ring an ihrem Hals, der bereits blutige Kratzspuren verursacht hatte. »Die haben genau berechnet, dass ich nicht bis zu dem Tisch komme. Die Distanz bis zum Wasserkasten hatten sie allerdings falsch berechnet«.

»Sind das Deine Anziehsachen? « fragte Simone, als sie den Schlüssel von dem Tisch geholt hatte und sie unter dem Tisch auf einem Haufen liegender Kleidung liegen sah, worunter auch ihre eigenen Jeans und die restliche Wäsche war.

Jenny nickte nur und zog Hose und Pullover an, nachdem sie die Halsfessel endlich abgenommen bekommen hatte. Auch Simone schlüpfte in ihre Hose und ihr Shirt.

»Wieso sagtest Du eben, Du seist froh, dass ich noch lebe und nicht bereits weggebracht wurde? Und welche Spritze hast Du da erwähnt? wollte Simone wissen.

Nun erzählte Jenny von den Vorkommnissen: »Ich bin vor drei Tagen von zwei Männern auf offener Straße entführt worden, als ich gerade von der Berufsschule nach Hause ging. Die haben mir einen Sack übergestülpt und mich in einen Lieferwagen gezerrt. Einer von denen ist zu mir in den Laderaum gestiegen und hat mir andauernd den Mund zugehalten, da ich natürlich um Hilfe geschrien hatte. Nach einigen Minuten der Autofahrt hielten sie an und brachten mich hierhin. Ich habe die ganze Zeit nachgedacht und glaube, dass wir nicht lange gefahren sind und wir uns somit immer noch in Siegburg oder zumindest in naher Umgebung befinden müssen. Weißt Du wo wir hier sind? «

Simone schüttelte den Kopf. »Ich weiß nur noch, dass ich bei einer Freundin auf einer Feier war. Wir waren sehr ausgelassen, da wir den Junggesellinnenabschied von ihr feierten. Ich weiß auch noch, dass ich mich ziemlich angeheitert auf den Weg nach Hause gemacht hatte. Es war bereits dunkel geworden aber für den kurzen Weg von Wolsdorf nach Deichhaus wollte ich mir kein Taxi bestellen. An ein Auto, in dem ich entführt worden bin, kann ich mich nicht mehr erinnern, - nur daran, dass es plötzlich dunkel um mich herum wurde - und dann wieder, dass ich im Nebenraum in einer Kiste aufgewacht bin. Oh mein Gott, - ich dachte schon, ich sei lebendig begraben gewesen«. Simone schlug die Hände vors Gesicht und begann zu weinen. Nach einer Weile schaute sie Jenny an und fragte: »Wieso warst Du nackt und wieso warst Du angekettet? Haben die Dich …?

Jenny nickte. »Ja, - die haben mich vergewaltigt. Der eine hielt mich auf den Boden gepresst und der andere drang in mich ein. Als er bereits nach kurzer Zeit kam, forderte er den anderen auf, es ihm gleich zu tun. Dieser jedoch wollte es nicht. Er holte ein Messer aus seiner Tasche, hielt es mir an den Hals und forderte mich auf, den Mund zu öffnen. Zunächst presste ich meine Lippen aufeinander. Als mir der andere aber dann mit der Glut einer mittlerweile angezündeten Zigarette das weiche Fleisch meiner inneren Schenkel verbrannte, schrie ich vor Schmerz auf und öffnete danach freiwillig meinen Mund. Ich musste diesen Typen oral befriedigen. Danach lachten die Kerle, zogen mich nun komplett aus und ketteten mich, bevor sie den Raum verließen, hier an die Wand an. Einige Stunden später kamen sie mit einem weiteren Mädchen hier an. Sie hatten den Kasten Wasser mitgebracht, stellten ihn dort ab und befahlen dem anderen Mädchen, sich bis auf die Unterwäsche auszuziehen. Dieses Mädchen wurde allerdings nicht vergewaltigt, sondern sie injizierten ihr mit einer Spritze irgendeine Substanz in die Armbeuge ihres rechten Armes. Ich dachte, es seien Junkies und sie würden ihr Heroin spritzen«.

»Und dann«, wollte Simone wissen, die dem furchtsamen Bericht mit weit geöffnetem Mund gefolgt war.

»Das Mädchen brach sofort zusammen. Es schien mir als sei sie ohnmächtig, doch als einer der beiden Peiniger den Puls fühlte und den Kopf in Höhe des Herzens auf die Brust des Mädchens legte, schüttelte er nach einer Weile den Kopf. Voller Panik fing der andere jetzt an zu schreien:

»Was hast Du gemacht? Hast Du Dich nicht an die Anweisung vom „Alten" gehalten? Hast Du mehr gespritzt wie abgemacht? «

»Halts Maul«, bekam er zur Antwort, »nichts hab ich falsch gemacht. Los, pack mit an, - wir müssen sie entsorgen. Vorher gibst Du diesmal der Kleinen«, er schaute zu mir, »die nächste Injektion. Aber nimm nur die Hälfte von dem, was uns der „Alte" gesagt hat.

Schluchzend und mit großen Augen schaute Jenny in Simones Gesicht. »Ich habe gebrüllt wie am Spieß. Ich hatte richtige Todesangst und habe getreten und um mich geschlagen. Brutal schlugen die Beiden mich nieder, der eine setzte sich voll auf meine Brust und mein Gesicht, während der andere meinen Arm mit seinem Knie herunterdrückte. Ich spürte die Nadel in meiner Armbeuge und wie mir etwas gespritzt wurde. Ich hatte solche Angst, dass ich nun sterben müsse. Jenny fing an zu zittern, denn es kam alles wieder in ihr Bewusstsein. Simone legte ihren Arm um Jennys Schulter, als sie sich neben sie gekniet hatte.

»Ganz ruhig, - Du hast alles überstanden«, meinte Simone und fragte, »Was Du da gespritzt bekommen hast weißt Du nicht? «

Jenny schüttelte den Kopf und flüsterte: »Wahrscheinlich das gleiche wie Du«

»Wie bitte? « Simone schrie laut und wich etwas von Jennys Seite zurück, »die haben mir auch etwas gespritzt.

Jenny nickte. »Nachdem sie mich hier angekettet und das tote Mädchen rausgetragen hatten, hatte ich regelrechte Panikattacken. Was würde nun mit mir geschehen? Wann würden die Beiden wiederkommen und was hatten sie mir eingespritzt? Wollten sie mich

Heroinabhängig machen und dann zur Prostitution zwingen? Mir rasten die Gedanken wie wild durch den Kopf. Als es draußen dämmerte und es hier im Raum dunkel wurde, kam ich etwas zur Ruhe und muss wohl eingeschlafen sein. Mitten in der Nacht kamen die zwei wieder. Dich hatten sie zu sich genommen, denn Du schienst mächtig betrunken oder irgendwie betäubt zu sein. Jedenfalls zogen sie Dich aus, schmissen Deine Sachen auf den Kleiderhaufen in der Ecke und tranken erst einmal eine Flasche Bier. Dabei schauten sie immer wieder zu mir und meinten lachend: »Diesmal bist Du nicht dran, - wir haben Frischfleisch. Einer der beiden zog Deinen Slip runter und lallte: »Schau mal, frisch rasiert«. Der andere jedoch sagte nur, er solle dir den Slip wieder hochziehen. Der "Alte" wolle Ergebnisse sehen und man müsse jetzt endlich die Dritte Dosis ausprobieren. Als einer der Beiden die Nadel ansetzte und in Deinen Arm spritzte, hast Du ganz benommen den Kopf gehoben, - auf die Spritze geschaut und gerufen:"Ey, was macht Ihr da mit mir?" Dann bist Du wieder mit Deinem Kopf auf den Boden geschlagen und hast die Augen verdreht. „Verdammte Scheiße", schrie der eine, der noch etwas nüchterner zu sein schien, als der andere, „die hat das auch nicht überlebt. Was ist das denn für ein Dreckszeug, was wir hier testen sollen?„ «

»Oh mein Gott«, meinte Simone und hielt ihre linke Hand vor den weit geöffneten Mund.

Jenny erzählte weiter: »Beide kamen zu dem Schluss, dass nun auch Du entsorgt werden müsstest. Da es allerdings draußen stockdunkel war, wollten sie es auf den nächsten Tag verschieben. Ich sah, wie sie Dich im Nebenraum in eine Holzkiste legten und diese verschlossen. Dann schlossen sie die Eisentüre«, Jenny zeigte auf die Türe, die die beiden Räume voneinander trennte, »und verließen den Raum«.

Simone sprang auf und durchsuchte die Ecken der Räume nach irgendwelchem Werkzeug, mit dem sie sich gegen die Männer wehren könnten. Sie kam zurück zu Jenny mit zwei ziemlich angerosteten Eisenrohren. Jedes war etwa einen Meter lang und fünf Zentimeter im Durchmesser.

»Hier«, sagte sie und reichte Jenny eines der Rohre, »die sind zwar recht schwer, aber sie scheinen unsere einzige Chance zu sein. Wenn sie hier rein kommen müssen wir mit einem Schlag auf den Kopf alles klar machen«.

*

Die komplette Dienstgruppe II der Siegburger
Mordkommission inklusive Sybille Salz, saß um den
ovalen elfenbeinfarbenen Tisch im Besprechungsraum der
zweiten Etage an der Frankfurter Straße. Sybille, die sich
vor knapp einem Jahr aus dem aktiven Polizeidienst nach
einem Arbeitsunfall und wegen ihrer bevorstehenden
Pensionierung, in den Innendienst mit administrativen
Aufgaben und Internetrecherche, hatte versetzen lassen,
war seitdem die „gute Seele" der Abteilung. Sie hatte
zwei Kannen Kaffee gekocht und entsprechende Tassen
auf dem Tisch verteilt. Heute jedoch waren noch vier
Tassen mehr erforderlich, da Alfred Bollenkamp als Leiter
und Verantwortlicher der gesamten Mordkommission,
Theklas Team mit Leuten aus der Dienstgruppe I
aufgestockt und zusätzlich eine Sonderkommission mit
dem Namen „Michaelsberg" gegründet hatte, dabei sein
würde. Er hatte Thekla zur Leiterin dieser Dienstgruppe
ernannt. Als alle an dem Tisch Platz genommen hatten,
erhob sich Thekla mit den Worten:

»Hallo zusammen, wie Ihr seht sind bis auf Weiteres
einige zusätzliche Kollegen unserem Team zugeordnet
worden. Fred«, sie zeigte auf Alfred Bollenkamp, den alle
nur „Fred" nannten und der zur Einführung der
gegründeten Sonderkommission anwesend war, »ist der
Meinung, die beiden Mordfälle der heute am Michelsberg
gefundenen Leichen, könnten in engem Zusammenhang
stehen. Da es sich hier um erweiterte Ermittlungen in

45

möglicherweise verschiedene Richtungen handeln könnte, erfolgte die Gründung dieser SOKO«.

Alfred Bollenkamp nickte und fügte hinzu: »Mit der doppelten Personalstärke, immerhin seid Ihr jetzt zu acht, erwarte ich schnellste Ergebnisse«. Er nickte in die Runde der Anwesenden, schaute aber nur in verwunderte Gesichter. Nachdem Thekla ihm entgegnete, dass sie alle wie immer ihre vollste Aufmerksamkeit auf diesen Fall richten würden und sicherlich in relativ kurzer Zeit entsprechende Ergebnisse vorlegen könnten, erhob sich Bollenkamp von seinem Platz und verließ den Raum. Er hatte bemerkt, dass er möglicherweise die verkehrten Worte gewählt hatte. In positiver Motivation seiner Mitarbeiter verfehlte er manchmal den richtigen Weg. Dessen war er sich bewusst.

Thekla wandte sich nun wieder den Anwesenden zu. »Wir schaffen das«, meinte sie und ballte ihre rechte Hand zu einer Faust, die sie einem imaginären Feind entgegenstreckte. Diese ermutigenden Worte brauchten die Kommissare, die nun zur SOKO „Michaelsberg" gehörten.

Lisa Drollig, die jüngste im Team, erhob die Hand um etwas zu sagen. Thekla sah dies und erteilte ihr mit einer Handbewegung das Wort:

»Bitte Lisa«, sagte sie.

»Ähm, - ich habe da nur eine Frage, - hat Fred sich vertan, als er auf das Whiteboard mit großen Buchstaben „SOKO Michaelsberg" schrieb? « Sie schaute auf das riesige Whiteboard an der Wand, das Thekla zur Veranschaulichung von Ermittlungsvorgängen hatte dort anbringen lassen.

Robert, der zwischen Thekla und Lisa saß, drehte sich nach links und schaute fragend in deren Gesicht. Mit in Falten gelegter Stirn und gerümpfter Nase fragte er:

»Wie jetzt? Wo soll er sich denn bei zwei Worten verschrieben haben? «

Lisa schaute Robert an und beugte ihren Oberkörper etwas nach hinten um den Abstand zwischen sich und Robert ein wenig zu vergrößern. Robert hatte sich in seiner kumpelhaften Art etwas zur Seite in ihre Richtung geneigt.

»Na, - da steht doch MICHAELSBERG und nicht wie ihr immer sagt Michelsberg« meinte Lisa, die meinte einen Fehler in der Schreibweise bemerkt zu haben. Dass sie damit zur allgemeinen Belustigung sorgte, erstaunte sie und sie schaute hilfesuchend zu Thekla.

»Die Kollegen hier schmunzeln nicht, weil Du Fred einen Fehler dieser Art zutrauen würdest, sondern eher, dass sie gemerkt haben, dass Du aus einem anderen Bundesland zu uns gestoßen bist«.

Lisa setzte sich nun kerzengerade hin und fragte: »Wie bitte«.

Peter Ludwig, Lisas Kollege aus Theklas Team, erläuterte Lisa die Situation:

»Lisa, - der Berg auf dem die „Benediktinerabtei Michaelsberg" erbaut wurde, hieß vorher Syberg und wurde wegen des nun dort ansässigen Klosters in Michaelsberg umbenannt. Da hier im Rheinland und insbesondere in der Kölner Bucht der Name „Michael" gerne mit „Michel" abgekürzt wird, hat es sich über die Jahrhunderte eingebürgert, dass es sich umgangssprachlich um den „Michelsberg" handelt. Formell richtig wäre das „a" in dem Namen. Man wird aber keinen Einheimischen finden, der dieses „Vokal" mitspricht«.

Robert legte Lisa seine linke Hand auf deren rechte Schulter und meinte schmunzelnd: »Verzeih mir, - ich hatte vergessen, dass Du eine „Zugezogene" bist«.

Thekla räusperte sich bewusst laut. Sie wollte die Aufmerksamkeit wieder auf sich lenken.

»Zur Sache zurück«, Thekla sprach nun in ihrem bewusst autoritären Ton, »die vorläufigen Erkenntnisse der Rechtsmedizin zeigen, dass Herr Lambrecht aus einer Entfernung von etwa vier Metern erschossen, ich möchte sogar in Anbetracht der fünf Einschüsse sagen, regelrecht hingerichtet wurde. Die Fahndung nach dem Wagen des Toten läuft. Möglicherweise hat der Mörder das Fahrzeug zur Flucht benutzt. Wir werden die Angehörigen eingehend nach möglichen Zusammenhängen im persönlichen Umfeld des Toten befragen. Die heutige Befragung der Witwe musste abgebrochen werden, da die Frau unter einem ziemlichen Schock zu sein schien. Weitere Spuren wurden rund um die Leiche nicht sichergestellt, bis auf die gefundene Geldbörse des Opfers. Da sich darin eine Kreditkarte sowie ein Personalausweis und Führerschein befanden, jedoch kein Bargeld, kann von einem Tötungsdelikt aus Geldgier ausgegangen werden. Trotzdem wird intensiv auch in andere Richtungen ermittelt. Nun zu der weiblichen Leiche, hier hat die Gerichtsmedizin Spermaspuren im Genitalbereich des Opfers sicherstellen können. Ein Abgleich zur DNA der männlichen Leiche war negativ. Im Bereich des Fundortes wurden Fußspuren der Größe sechsundvierzig gesichert. Die gleiche Schuhgröße wie die des Herrn Lambrecht. Leider stimmt das Schuhprofil nicht mit den Schuhen überein, die der Tote beim Auffinden der Leiche trug. Da die weibliche Leiche allerdings beim Auffinden bereits vier bis sechs Stunden dort gelegen haben muss, muss zwischen dieser Tat und dem Mord an Herrn Lambrecht so viel Zeit vergangen sein, dass er die Schuhe hätte wechseln können. Weiterhin ist in der linken Armbeuge der Toten eine Einstichstelle gefunden worden. Eine Blutanalyse auf alle bekannten drogenähnlichen Substanzen verlief ergebnislos. Ebenso war ein Medikamentenscreening negativ. Entweder der Frau wurde Blut entnommen oder eine noch nicht bekannte Substanz wurde injiziert. Die Kollegen der Rechtsmedizin bleiben dran. Leider haben wir noch keinerlei Hinweise auf die Identität der Toten, - oder hat sich irgendetwas in der Vermisstenstelle getan? « fragte Thekla, Sybille anschauend, die für die abteilungsinterne Kommunikation mit anderen Abteilungen des Polizeipräsidiums zuständig war.

Sybille schreckte auf. Sie war irgendwie mit ihren Gedanken abgeschweift und war bei der schönen Nachricht, die sie am gestrigen Abend telefonisch erhalten hatte ein wenig abwesend. Ihre Tochter hatte ihr mitgeteilt, dass sie Oma werde. Wie sehr hatte sie sich das schon die ganze Zeit gewünscht, da ihre Tochter bereits zweiunddreißig Jahre alt und seit über drei Jahren verheiratet war.

50

»Entschuldigung«, meinte sie zu Thekla. Es war ihr peinlich bei einer Dienstbesprechung mit ihren Gedanken abwesend zu sein, »was hattest Du gesagt? «

»Gibt es etwas Neues aus der Vermisstenstelle? « fragte Thekla mit hartem Unterton, den Sybille zusammenschrecken ließ. Jeder in Theklas Team wusste, dass Thekla von allen Beteiligten höchste Konzentration bei einem neuen Fall abverlangte, genau wie auch sie selbst stets mit kriminalistischem Spürsinn und immer nach antrainiertem polizeilichem Ermittlungsschema vorging.

Sybille stand von ihrem Platz auf, verließ den Besprechungsraum und kam nach kurzer Zeit wieder herein. In der Hand hatte sie mehrere Blätter, die sie Thekla vorlegte.

»Muss eben erst abgegeben worden sein«, meinte sie.

»Hier werden drei Mädchen vermisst und ich erfahre erst jetzt davon«, rief sie. »Wieso ist denn die Kommunikation hier im Haus unter den Abteilungen immer noch so prekär zäh? «

Alle Anwesenden senkten den Kopf und schauten vor sich auf den Tisch. Obwohl jeder wusste, dass er für den Umstand der mangelnden hausinternen Kommunikation nichts konnte, war dies jedoch jedem bereits seit Jahren bekannt. Thekla überflog die Blätter der Vermisstenstelle, bevor sie sich wieder an ihr Team wandte. Sie hatte sich innerlich zur Ruhe zwingen müssen, doch auch ihr war der blockierte Kommunikationsfluss bekannt. Unbedingt müsste sie das Fred Bollenkamp verdeutlichen. Er war dafür verantwortlich und sie würde ihn bitten, diesen Umstand bei der nächsten Abteilungsleitersitzung anzusprechen.

Ein Bild der vermissten Mädchen zeigte tatsächlich die gefundene Tote vom Michelsberg. »Britta Lohmer, geboren 22.02.2005, wohnhaft Frankfurter Straße in Siegburg Deichhaus« las Thekla vor. »Vermisst seit nunmehr drei Tagen« meinte Thekla in die Runde der anwesenden Kriminalbeamten, »und nun tot in der Rechtsmedizin. Was hat die Vermisstenstelle unternommen um die Mädchen zu finden? fragte Thekla. Sie wollte gerade zum Telefonhörer des Festnetztelefons greifen, welches auf dem ovalen Tisch vor ihr stand. Nicht um die Kollegen zu fragen, was sie unternommen hätten, - sondern um nun ihr Team mit den Kollegen der Vermisstenstelle zu koordinieren. Es schien nun Eile geboten zu sein. In dem Moment öffnete Alfred Bollenkamp die Türe des Besprechungsraumes und kam herein. Er wollte die neu gewonnenen Erkenntnisse mit Thekla persönlich besprechen und nicht übers Telefon. So wählte er den kurzen Weg über den Flur von seinem Büro hin zu der gerade stattfindenden Einsatzbesprechung, da sich beides auf der gleichen Etage befand.

»Hier sind gerade Ergebnisse aus der Rechtsmedizin eingetroffen«, meinte Fred, den Blick auf Thekla gerichtet, »die DNA der männlichen Leiche stimmt nicht mit der DNA des Spermas überein, die bei dem Mädchen gefunden wurde«.

»Also haben die beiden Morde nichts miteinander zu tun«, meinte Robert.

Thekla schaute ihren Lebensgefährten zornig an. »Was stellst Du denn jetzt für voreilige Thesen auf? Die Fakten zeigen lediglich, dass der tote Wolfgang Lambrecht keinen sexuellen Verkehr mit Britta Lohmer gehabt hatte. Nicht mehr und nicht weniger«

Thekla wandte sich wieder an Fred. »Sonst noch neue Erkenntnisse? fragte sie.

Bollenkamp nickte als er meinte: »Unter den Fingernägeln des Mädchens sind fremde Hautpartikel gefunden worden, deren DNA aber nicht mit der des Herrn Lambrecht aber auch nicht mit der aus dem Sperma übereinstimmt«.

»Also möglicherweise eine Gruppenvergewaltigung? « stellte Thekla fest.

Alfred Bollenkamp zuckte mit den Schultern, als er meinte: »Möglicherweise«. Bollenkamp verließ den Besprechungsraum und hatte die Türe noch nicht vollständig geschlossen, als das Telefon im Besprechungsraum durch einen dezenten Ton einen Anruf signalisierte. Thekla hob ab und meldete sich:

»Thekla Sommer«.

»Hier ist das Labor der Gerichtsmedizin« meldete sich eine jugendlich wirkende männliche Stimme, »ist dort die ermittelnde Abteilung der Soko „Michaelsberg"? «

»Ja das ist hier, - ich bin die Leiterin der Sonderkommission«

»Wir haben das Blut, wie gewünscht, auf die gefundene Fremdsubstanz hin untersucht und keinerlei Übereinstimmung mit bekannten Substanzen festgestellt. Weder hinsichtlich von bekannten Betäubungsmitteln noch bekannter pharmazeutischer Medikamente« gab der Mann bekannt.

»Also möglicherweise eine neue synthetisch hergestellte Droge? « fragte Thekla interessiert.

»Das glauben wir nicht. Wir haben herausgefunden, dass es sich um eine Kombination mit sogenannten Killerzellen handelt. Also Zellen die dafür verantwortlich sind, andere in den Körper eingedrungener Zellen eines bestimmten Typs anzugreifen und abzuändern oder zu zerstören«.

»Also dann doch ein Medikament mit heilender Wirkung? « fragte Thekla.

»Das kann man so auch wieder nicht sagen, da dafür bestimmte Zellbausteine fehlen, die für die körpereigene „Reparatur" notwendig sind. Es scheint sich eher um etwas zu handeln, was die Wirkung einer fremden Substanz im Körper nicht hemmt, aber „unsichtbar", also nicht „nachweisbar" macht« sagte der Mann am anderen Ende der Leitung.

Thekla war sehr verwundert und wusste für einen Moment nichts zu sagen. In Ihrem Gehirn kamen die tatsächlichen Fakten mit der theoretischen Physik kurzzeitig nicht in Einklang. Nach einigen Sekunden der Ruhe sagte sie: »Danke für die schnellen Informationen. Bitte informieren sie mich umgehend, wenn sich neue Resultate ergeben«.

»Selbstverständlich«, antwortete der Mann aus dem Labor, bevor er das Gespräch beendete.

Thekla schaute in die Runde der um den Tisch sitzenden Kollegen und Kolleginnen. Nachdem sie die neuen Infos mit den anderen besprochen hatte, meinte sie, dass sie noch die bevorstehende Nacht für vielleicht neue Erkenntnisse abwarten wolle, bevor sich alle am nächsten Morgen wieder an der gleichen Stelle treffen würden und ein Ermittlungsplan der einzelnen Beteiligten aufgestellt würde. Sie selber würde nun noch mit Robert zu den Eltern von Britta Lohmer fahren und die Todesnachricht überbringen.

Alle verließen den Besprechungsraum, um nun Feierabend zu machen. Auch Thekla und Robert gingen, nachdem sie noch in ihrem Büro waren, über den Flur in Richtung Aufzug. Sie hatten nun noch einen schweren Gang vor sich. Eine Todesnachricht zu überbringen ging einem immer Nahe. Insbesondere wenn es darum ging, Eltern das Ableben ihres Kindes mitzuteilen. Kurz vor dem Aufzug kam den Beiden Alfred Bollenkamp entgegen. Thekla erklärte ihm, dass sie alle in den Feierabend geschickt hatte, um am nächsten Tag mit neuer Kraft in die Ermittlungen zu starten. Sie selber wolle nun aber noch mit Robert zu den Eltern der Toten fahren und die Nachricht überbringen.

»Das braucht ihr nicht«, meinte Fred, »das haben die Kollegen der Vermisstenstelle schon übernommen«.

Robert fiel ein Stein vom Herzen. Er wusste, dass Thekla in solchen Sachen zart besaitet war und es ihr immer das Herz brach, eine solche Nachricht zu überbringen. War sie doch selber eine vorbildliche Mutter und stets um das Wohl ihres Sohnes besorgt.

*

Nachdem sich alle für den folgenden Morgen im Präsidium verabredet hatten, um die genauen Rechercheaufgaben den einzelnen Kollegen und Kolleginnen zu vergeben, fuhr Thekla mit Robert im Fahrstuhl des Polizeipräsidiums in die Tiefgarage. Dort stand Theklas hellgrüner Twingo auf dem Platz, der schon von Anbeginn ihrer Dienstzeit in Siegburg für sie reserviert war. Einmal hatte sich ein Kollege der Abteilung „Sitte" gewagt, sich mit einem Dienstfahrzeug dort hinzustellen, Theklas Antwort darauf dürfte der Mann nie wieder vergessen haben. Sie fand heraus, wo der Kollege wohnte und stellte ihren Twingo einige Tage nach dem Vorkommnis in der Tiefgarage, vor die Garageneinfahrt des Privathauses des Kollegen. Als dieser am Morgen die Garage verlassen wollte, um zum Dienst zu fahren, gab Thekla einen Motorschaden an ihrem Twingo vor.

»Ich habe schon alles Mögliche probiert, aber der Wagen lässt sich nicht mehr bewegen. Weder der Motor springt an, noch kann man den Wagen vor- oder zurückschieben. Ein Anruf bei meiner Werkstatt ergab, dass diese baldmöglichst einen Abschleppwagen schicken würden. Der Meister meinte am Telefon, ich solle den Wagen auf keinen Fall bewegen. Er sprach von einem möglichen Nockenwellenschaden oder so ähnlich«.

»Wie«? entgegnete der Kollege der Sitte, »der Wagen soll nicht bewegt werden? Ich habe ein dringendes Meeting im Präsidium. Wie soll ich denn jetzt dahinkommen«?

Thekla zuckte mit den Schultern, als sie meinte: »Vielleicht mit einem Taxi«?

Als das Taxi dann etwa fünfzehn Minuten später ankam und in Richtung Präsidium fuhr, schaute Theklas Kollege zornig durch das Autofenster des Taxis zu Thekla, die an der geöffneten Motorhaube stand und sich vor Grinsen kaum ernst halten konnte. Nachdem das Taxi dann um die nächste Ecke gebogen war, schloss Thekla die Motorhaube, stieg ein, startete den Wagen und fuhr davon. Seitdem war Theklas Platz in der Tiefgarage des Präsidiums immer frei geblieben.

Robert grinste breit, als Thekla ihm nun diese Geschichte erzählte, während beide einstiegen und die Mühlenstraße bis zum Marktplatz entlangfuhren. Sie hatten sich dazu entschlossen, heute nicht zu Hause zu kochen, sondern sich in der Pizzeria Tuscolo, die in der Holzgasse einen Filialbetrieb ihres Bonner Stammhauses eröffnet hatte, einzukehren. Sie hatten gerade gegessen und Robert trank den Rest seines Warsteiner Pils aus, als das Telefon klingelte.

»Dienstlich«? fragte Robert, der sich eigentlich bereits auf sein Bett zu Hause freute.

»Nein, - es ist David«, antwortete Thekla, die das Gespräch augenblicklich annahm. Robert sah, wie seine Lebensgefährtin nach einiger Zeit des Zuhörens den Mund weit öffnete, als wolle sie tief Luft holen. Sie lehnte sich in dem gemütlichen Stuhl der Außengastronomie zurück und hielt ihre flache Handinnenseite ihrer rechten Hand vor den geöffneten Mund. Dann fragte sie erschrocken: »Was hast Du«? Thekla lauschte noch eine Weile am Lautsprecher des Smartphones und fragte dann wo David nun sei. »Du bleibst jetzt genau da wo Du bist. Wir sind in zehn Minuten da. Ist Jana bei Dir? Dann gib sie mir mal bitte«, Es dauerte nur Sekunden, dann meinte Thekla: »Hallo Jana, - sei bitte so lieb und warte mit David vor unserer Haustüre. Fahrt nicht weg, weil David es sich anders überlegt und doch keinen Ausweg sieht. Bleibt bitte dort und wartet auf uns. Wir sind in zehn Minuten bei Euch«.

»Was ist denn passiert«? wollte Robert von Thekla wissen, die schon in Richtung des Kellners unterwegs war, um die Rechnung zu bezahlen. Anscheinend war die Sache allerdings so dringend, dass sie nicht warten wollte, bis wieder eine Bedienung am Tisch vorbeikam und sie nach der Rechnung fragen konnte. Kopfschüttelnd stand auch Robert auf, griff nach seiner Jacke die neben ihm über die Stuhllehne gelegt war, griff diese und beeilte sich, Thekla zu folgen. Tollpatschig, wie es Roberts Art war, hob er die Jacke nicht hoch genug, sondern streifte damit am Tischrand vorbei, wobei er an seinen Pizzateller kam, der gegen das leere Bierglas stieß. Da sich dabei die Tischdecke wellte, fiel das Glas auf den Boden und zerschepperte. Robert bekam davon nichts mit, da er nur Augen für Thekla und die anscheinend wichtige Information hatte, die Thekla erhalten hatte. Anstelle Roberts drehten sich aber mindestens acht Gäste der vollbesetzten und mit Markisen überdachten Freifläche in Richtung der Glasscherben, um.

Auf dem Weg zum Auto, den Thekla im Laufschritt zurücklegte, meinte Thekla: David hat sich auf dem Schulhof geprügelt. Der Verletzte ist mit dem Krankenwagen abtransportiert worden. Nun hat David Angst vor Gericht zu müssen und sich den Weg in sein geplantes Studium damit verbaut zu haben. Jana meinte, er würde schon den ganzen Nachmittag weinen und wolle sich nun bei mir Rat einholen. Sie drehte sich zu Robert

um als sie den Twingo erreicht hatten, zog beide
Schultern hoch, öffnete ihre Augen weit auf und meinte:
»Ich bin halt die Mama und wen sucht man auf, wenn
man richtig Scheiße gebaut hat, um sich Rat zu holen...«?

*

Am nächsten Morgen nachdem Thekla geduscht hatte
und aus dem Badezimmer des im ersten Stockwerk des
gemieteten Hauses hinunterkam, roch sie den frisch
aufgeschütteten Kaffee, dessen angenehmer Duft aus dem
Erdgeschoss durchs Haus strömte. Sie zog sich rasch den
seidenen Morgenmantel über, den ihr Robert vor zwei
Jahren bei ihrem gemeinsamen Nordseeurlaub in
Norddeich gekauft hatte und kam leichten Fußes die
Treppe hinunter.

Robert sah sie und begrüßte sie lächelnd. »Nachdem
mein gestriges Frühstück ausfallen musste, wollte ich
Dich heute überraschen«, meinte er.

Thekla hauchte ihm einen Kuss auf die Wange. »Du
entwickelst Dich wirklich langsam zum weltbesten
Lebensgefährten« meinte sie grinsend, als sie sich setzte

und nach den frischen Croissants griff, die Robert bereits aus der Bäckerei auf der Zeithstraße, besorgt hatte.

»Bei so einer tollen Frau sollte man sich auch alle Mühe machen« antwortete Robert, der sich an die gegenüberliegende Seite des Tisches hinsetzte. Dabei jedoch ließ er den Blick nicht von Theklas linker Brust, die sich ihm in voller Herrlichkeit darbot. Theklas luftiger Morgenmantel war von Thekla unbemerkt, zur Seite gerutscht, als sie nach der Marmelade griff. Durch das ständige Ausdauertraining welches sie mehrmals pro Woche absolvierte war nicht nur ihre Kondition auf hohem Niveau, sondern auch an ihrem Körper war kaum ein Gramm zu viel und Muskeln sowie ihr Gewebe waren absolut straff. Dies zeigte sich nun mal wieder bei diesem erotischen Anblick.

Nachdem Thekla sich ihr Croissant mit Marmelade bestrichen hatte und es nun zum Mund führte, sah sie Roberts Blick auf ihren Oberkörper. Jetzt erst schaute sie selber auf den aufgeschlagenen Morgenmantel. »Du Lüstling« meinte sie grinsend und bedeckte ihre Brust mit dem leichten Stoff. Hast Du heute Nacht nicht genug bekommen«? Sie alberten noch eine Weile, während sie gemeinsam das Frühstück genossen.

»So, - jetzt wird es aber Zeit«, meinte Thekla, »wir sind gegen neun Uhr im Präsidium zum Meeting verabredet. Dabei will ich die einzelnen Gruppen und die ersten Befragungsansätze bekanntgeben«.

Als sich die Beiden gemeinsam im Schlafzimmer anzogen fragte Robert: »Was meinst Du, was wird David für eine Strafe für die Schlägerei erwarten dürfen«?

Thekla blickte Robert von der Seite an, wobei sie den Reißverschluss ihrer neuen Jeans hochzog. »Tja, so einfach wie er sich das gestern vorstellte, wird es wohl nicht werden. Sollte das Opfer Anzeige erstatten, wird der Richter im Prozess den Faustschlag möglicherweise tatsächlich als Nothilfe werten. Schließlich ging es um die Freundin des Täters, also Davids. Bei dem Fußtritt, gegen den am Boden liegenden Jungen, wird es aber möglicherweise, je nachdem wie eng der Richter das auslegt, zu einer Verurteilung wegen gefährlicher Körperverletzung kommen. Der von David vorgetragene Zustand eines Putativnotwehrexzesses, ist im Rahmen einer Gerichtsverhandlung immer nur sehr schwer zu begründen und dem wird, von Seiten eines Richters, nur in den seltensten Fällen nachgegeben. Das wollte ich dem Jungen allerdings gestern nicht sagen. Schließlich war er, wie du gesehen hast, nervlich ziemlich fertig«

*

Im zweiten Stockwerk des Polizeipräsidiums, auf dem Flur zum Besprechungsraum, in dem sich die „Soko Michaelsberg" treffen wollte, stieß Sybille Salz, die gerade aus ihrem Büro in Richtung des bereits mit einigen Kollegen besetzten Besprechungsraumes gehen wollte, fast mit Thekla zusammen.

»Hoppla«, meinte Robert, »wohin so eilig«?

Sybille hob die linke Hand, in der sich zwei Seiten einer ausgedruckten E-Mail befanden und meinte: »Hier, die habe ich gerade von der Vermisstenstelle erhalten. Es ist wieder ein Mädchen verschwunden. Vielleicht eine heiße Spur in den Mordfällen«

Thekla nahm die Ausdrucke an sich und meinte, nachdem sie die Zeilen überflogen hatte: »Sehr interessant, - das ist jetzt das erste Thema in der Besprechung«. Sie öffnete die Türe zum Besprechungsraum, grüßte die Anwesenden und nahm Platz. Robert saß noch nicht richtig, als die Türe zum Besprechungsraum wieder geöffnet wurde und Lisa Drollig eilig in den Raum kam. Sie schmunzelte verlegen und entschuldigte ihr zu spät kommen mit einem kurzen: »tschuldigung«. Lisa hatte eine heiße Liebesnacht hinter sich. Als sie am gestrigen Abend auf dem Heimweg noch eine Flasche Wein am Kiosk in der Straße, in der sie wohnt, kaufen wollte, wollte just in diesem Moment eine

attraktive Brünette genau denselben Wein haben. Beide
griffen gleichzeitig nach der Flasche, schauten sich an
und fingen an zu lachen. »Was nun«? fragte Lisa und
schaute in die himmlischen Augen der Unbekannten.
Diese meinte lächelnd: »Dann müssen wir wohl die
Flasche gemeinsam leer machen«, wobei Lisa nur Augen
für die vollen Lippen dieser Frau hatte. Wie elektrisiert
hörte sie sich sagen: »Natürlich machen wir das. Ich
wohne nur ein paar Häuser weiter«. Nach den ersten
Schlucken aus den mundgeblasenen Gläsern, die Lisa in
einem Bonner Weinhaus gekauft hatte, gestanden sich die
zwei Frauen, dass sie Beide dem gleichen Geschlecht
nicht abgeneigt seien. Es folgte ein über Stunden
andauernder Austausch intimer Liebkosungen.

»Also«, begann Thekla die Besprechung, nachdem alle
auf ihren Stühlen Platz genommen hatten, »wir haben hier
eine ganz frische Vermisstenmeldung von den Eltern einer
Zwanzigjährigen. Sie ist letzte Nacht nicht nach Hause
gekommen, obwohl sie fest versprochen hatte, dass sie
gegen Mitternacht zu Hause sein wollte, da sie heute am
Vormittag ein Bewerbungsgespräch in einer
Rechtsanwaltskanzlei, hier auf der Frankfurter Straße
hatte. Dazu passt eine Meldung bei der Polizeiwache hier
im Hause, die gegen zweiundzwanzig Uhr dreißig
einging. Hier wurde von einem Türsteher einer
Diskothek, die sich auf dem Gelände der ehemaligen
Phrix-Werke befindet, eine vielleicht im Zusammenhang

stehende Beobachtung gemeldet. Er hatte gesehen, wie zwei sehr stämmig aussehende Männer die Diskothek verließen, die zwischen sich eine junge Frau stützten. Es sah aus, als könne die Frau nicht mehr alleine gehen. Den fragenden Blick des Türstehers, beantwortete einer der Beiden ungefragt mit einem abfälligen: » ... wenn man den Alkohol nicht verträgt, sollte man ihn besser aus dem Leib lassen«. Lachend gingen die beiden Männer mit der, die Füße über den Boden schleifenden Frau, am Backsteinbau entlang und bogen dann am Ende des Gebäudes nach links in Richtung der Wahnbachtalstraße ab. Dem Türsteher kam die Sache komisch vor. Da er jedoch seinen Posten nicht verlassen konnte, verständigte er über sein Handy unsere Kollegen. Diese fuhren im Rahmen einer Kontrollstreife den Bereich ab, konnten allerdings keine Personen feststellen, auf die die angegebene Beschreibung passte«.

»Hier vom Präsidium bis zu dem Gelände, auf dem sich heute verschiedene Discounter, Läden und Diskotheken befinden, ist es nicht weit. Die Kollegen müssten innerhalb weniger Minuten dort gewesen sein. Die haben dort keinerlei Feststellungen machen können«? fragte Peter Ludwig, der Kollege in Theklas Dienstgruppe II, erstaunt nach.

Thekla schüttelte den Kopf. »Nach dem vorliegenden Einsatzbericht waren keine Auffälligkeiten festzustellen«.

»Das heißt«, schaltete sich Robert ein, »dass sie entweder in einem Auto weggefahren sind oder sich noch im näheren Umfeld in einem der Gebäude aufhalten müssen«.

Thekla nickte. »Dort gibt es aber keine Wohnhäuser. Auf dem angegebenen Weg des Türstehers gibt es nur noch zwei, seit Jahrzehnten leerstehende Fabrikhallen, von der eine der beiden sogar eingefallen zu sein scheint. Ich meine, dort sind nur noch Mauern des ehemaligen Erdgeschoßes. Ob dort auch noch ein Keller ist, weiß ich nicht. Vielleicht könntet Ihr«, Thekla blickte in Richtung der beiden Kollegen der anderen Dienstgruppe, die der Sonderkommission zugeteilt worden waren, »dort nachher einmal nachschauen. Vielleich könnt Ihr irgendwelche Erkenntnisse finden, die auch unseren Fällen, dienlich sein könnten. Schließlich haben wir eine weibliche Leiche, die ebenfalls zunächst als vermisst gemeldet wurde und der eine unbekannte Substanz gespritzt wurde. Übrigens«, Thekla blätterte in den, vor ihren liegenden Unterlagen, die ihr Sybille bereits am frühen Morgen auf ihren Platz im Besprechungsraum hingelegt hatte, »das Labor der Gerichtsmedizin hat über Nacht gute Arbeit geleistet. Sie melden, dass die Substanz, die im Blut des Mädchens gefunden wurde, näher verifiziert werden konnte. Es muss sich um einen Wirkstoff handeln, der eine ähnliche Struktur aufweist, wie die von Kokain und verschiedener Crystal Meth Darreichungen. Genaueres lässt sich nicht sagen, da das unbekannte Präparat nicht die Wirkung der Drogen hervorrufen kann, eher genau das Gegenteil von dem, was man mit den Drogen erreichen will, - also fast eine Negation des Drogenrausches«.

Thekla schaute zu Lisa. »Du fährst bitte zu dem Chemiewerk südlich von Köln. Wie Frau Lambrecht uns gestern erzählte, war ihr Mann als Leiter in einem dortigen Labor tätig. Ich möchte wissen, warum er seit einem Jahr nicht mehr dort arbeitet und womit genau er sich dort beschäftigte. Vielleicht ist eine Verbindung zwischen der eben genannten unbekannten Substanz und der Tätigkeit in dem Labor zu finden? Weiterhin kannst Du vielleicht von den ehemaligen Kollegen etwas darüber erfahren, woher Lambrecht das Geld für einen so teuren Neuwagen hatte. Gibt es noch Verbindungen, vielleicht auf freundschaftliche Art mit Arbeitskollegen«?

Lisa hatte sich eiligst die genannten Punkte auf dem vor ihr liegenden DIN A5 großen Block notiert und sagte kurz: »Mach ich«!

Thekla stupste Robert, der wie immer links neben ihr am Besprechungstisch saß, mit ihrem linken Ellenbogen an. »… und wir zwei fahren nochmal zu der Witwe Lambrecht. Sie muss doch wissen, woher das Geld für den Lebensunterhalt und die andauernden mehrtägigen Fahrten ihres Mannes kam. Hatte er ein so hohes

Arbeitslosengeld bezogen, dass sie sich nicht darum kümmerte, woher er das Geld hatte?

»Na ja«, meinte Robert, »die Wohnungseinrichtung sah jedenfalls nicht hochwertig aus. Was mich allerdings sehr interessiert, - warum waren die beiden Söhne so wenig erschrocken, als wir die Todesnachricht des Vaters überbrachten«.

»Genau, - und was arbeiten die Beiden überhaupt, wenn sie nicht im Fitnessstudio sind«? fragte Thekla, die vor ihrem geistigen Auge, den gutgebauten nackten Oberkörper eines der Zwillinge sah. Der Anblick, als er in der Küche das kühle Getränk aus der Dose trank, erinnerte sie irgendwie an eine Fernsehwerbung, die vor einigen Jahren im Fernsehen lief und die bei den Frauen in dem Fernsehspot offenstehende Münder und gierige Blicke entstehen ließ.

»Thekla«, fragte Peter Ludwig, der sie aus ihrem Tagtraum riss, »und was soll ich machen«?

Thekla klimperte zweimal kurz hintereinander mit den Augenwimpern, bevor sie sich in der Realität wiederfand. »Du kümmerst Dich bitte darum, herauszufinden wo der Wagen von Herrn Lambrecht abgeblieben sein kann. Wir hatten zwar den Parkplatz am Fuße des Michelsbergs, angrenzend an das dortige Hotel, abgesucht und auch die

Fahndung durch die Streifenwagen hatte nichts gebracht, - aber irgendwo muss der Wagen doch sein.

Lisa hob die Hand und bemerkte: »Vielleicht ist er in der Tiefgarage des Hotels«?

»Dann müsste Herr Lambrecht aber Hotelgast gewesen sein. Das ist eher unwahrscheinlich, da er doch hier in der Nähe wohnte«. Robert schaute Lisa, als er das sagte, von der Seite an. Es ärgerte ihn, dass sie stets auf Gedanken kam, die ihm hätten einfallen können. Der Versuch Lisas Gedanken nun jedoch als verwerflich dastehen zu lassen, scheiterte.

»Ein sehr guter Gedanke«, lobte Thekla und lächelte Lisa dabei an, »der Weg zur Wahrheit liegt manchmal so nahe. Warum sollte der Wagen nicht dort abgestellt sein? Vielleicht wollte Herr Lambrecht den Wagen nicht dort abstellen, wo ihn jeder sehen konnte. Vielleicht birgt der Wagen sogar das Geheimnis zur Lösung des Mordes an ihn«?

Robert verzog den Mund so, als hätte man einem vierjährigen den gerade geschenkten Lolli wieder abgenommen. Er senkte den Kopf und schaute vor sich auf die Tischplatte.

Thekla erhob sich von ihrem Stuhl. »So, - frisch ans Werk. Jeder weiß, was er zu tun hat und in welche Richtung wir ermitteln. Sie war schon in der seitlichen Bewegung in Richtung Türe, als einer der Kollegen aus dem Nachbarteam, die für diesen Fall abgestellt waren, fragte: »Und was ist mit dem getöteten Mädchen, die am Michelsberg gefunden wurde? Wer ermittelt in dem Bereich«?

»Nun,« antwortete Thekla kurz und in einem Tonfall, der einer Dienstgruppenleiterin zu eigen sein durfte, »darum kümmert sich erst einmal die Abteilung „Vermisstenstelle". Wenn feststeht, dass das Mädchen tatsächlich an der noch unbekannten Substanz in ihrem Blut gestorben ist und nicht durch einen in kausalem Zusammenhang stehenden Herzversagen, dann handelt es sich hier um ein mögliches Tötungsdelikt und dann fällt es in den Bereich der Mordkommission. Selbstverständlich ist es so, dass wenn sich im Rahmen der eben besprochenen und anstehenden ersten Ermittlungen, Hinweise ergeben, die in Zusammenhang gebracht werden können, werden wir auch in diesem Fall unsere Ermittlungen intensivieren. Außerdem ist ja bereits Lisa abgestellt und beauftragt, in dem Chemielabor, dem ehemaligen Arbeitgeber des Toten, zu recherchieren. Auch weiß ich gar nicht, warum Bollenkamp zwei Mitarbeiter ihrer Dienstgruppe zur Unterstützung meines Teams abgestellt hat. Einer würde meines Erachtens

durchaus reichen. Wenn sie also an meinen
Entscheidungen oder meiner Vorgehensweise zweifeln?
Es steht Ihnen frei, Bollenkamp wieder um
Rückversetzung in Ihr Team zu bitten«.

Das hatte gesessen. Robert, Peter und Lisa schauten
Thekla erstaunt an. So hatten sie ihre Vorgesetzte noch nie
erlebt. Thekla war stets bemüht, einen guten Kontakt in
ihrem Team zu pflegen und Meinungen gelten zu lassen.
Irgendwie schien sie jedoch eine Apathie zu dem
Kollegen der anderen Dienstgruppe zu empfinden. Einzig
Lisa sah einen möglichen anderen Grund, da sie wusste,
das Thekla sehr auf ihr Bauchgefühl hörte, welches schon
öfter unbewusste Empfindungen in ihr hervorriefen. Teils
zu ihrem Schutz, teils aber auch in Richtung zur Lösung
schwieriger Kriminalfälle.

*

Lisa hatte den Weg über die A59 Richtung Köln
gewählt, anstatt die A3 vom Autobahnkreuz Siegburg in
Richtung Oberhausen zu nehmen, da die Autobahn
zwischen Lohmar und dem Dreieck Heumar mal wieder
wegen einer Tagesbaustelle nur einspurig befahrbar war,
wie der WDR über seine Verkehrsinformationen bekannt
gab. Sie fuhr gerade am Flughafen Köln-Bonn vorbei und
stellte sich darauf ein, hinter der von Shell betriebenen
Autobahntankstelle, auf den Zubringer zur A3 zu

wechseln. Sie summte zu dem Lied „Halleluja" von Leonhard Cohen, in einer deutschen Interpretation der Sängerin „Lila". In Gedanken schwelgte sie währenddessen in der vergangenen aufregenden Nacht, mit der erst kurz vorher kennengelernten jungen Frau. Lisa wurde aus ihrem Tagtraum gerissen als plötzlich ihr Handy klingelte. Sie griff nach dem auf dem Beifahrersitz liegenden Smartphone und erkannte, dass Thekla anrief. Augenblicklich drehte Lisa den Ton des Autoradios leise und meldete sich: »Hallo Thekla, - ich bin gleich da, schätze noch etwa zehn Minuten«

»Gut, - vergiss aber bitte nicht, Dich darüber zu informieren, wie hoch das Einkommen von Herrn Lambrecht war. Wir könnten dies zwar im Rahmen einer Bankauskunft herausfinden, aber dies müsste erst von einem Richter abgesegnet werden. Vielleicht gibt Dir das Personalbüro ja die Auskünfte auch so, womit wir Zeit gewonnen hätten. Mich interessiert nämlich, ob eventuelle Ersparnisse den Lebensstandard des Toten rechtfertigen konnten«.

»Ja klar«, antwortete Lisa schmunzelnd, »ich werde meinen weiblichen Charme spielen lassen«.

»Mach das«, erwiderte Thekla und beendete das Telefonat.

*

»Ach Sie«, Marion Lambrecht öffnete die Haustüre nun weit auf, nachdem sie diese zunächst nur einen Spalt breit aufmachte, um vorsichtig zu schauen, wer geklingelt hatte. »Kommen Sie doch rein, - gibt es schon neue Erkenntnisse zum Tod meines Mannes? Wollte sie wissen.

»Wir arbeiten mit Hochdruck in allen Richtungen, doch seit gestern hat sich noch keine heiße Spur ergeben. Wir kommen auch nur vorbei«, Thekla und Robert betraten den Flur der Wohnung und Frau Lambrecht schloss die Tür hinter ihnen, »weil wir noch einige genauere Erläuterungen brauchen«, meinte Thekla.

»Erläuterungen«? fragte Frau Lambrecht erstaunt.

»Na ja«, schaltete sich Robert nun ein, »sagen wir so, - im Rahmen der ersten Überlegungen und einem Zurechtlegen der „Eckpunkte" haben sich Fragen ergeben, die wir gerne beantwortet hätten«.

Frau Lambrecht führte die beiden ins Wohnzimmer, zeigte aufs Sofa und meinte, während sie das Fernsehgerät ausschaltete, in dem gerade die Wiederholung der Sendung „Der Preis ist heiß" zu sehen war, »Kaffee, oder lieber wieder etwas kaltes, wie gestern«.

»Danke nichts«, antwortete Thekla, die Robert zuvorkommen wollte, da dieser sicherlich gerne ein Kaltgetränk angenommen hätte.

»Wie kann ich Ihnen denn weiterhelfen«? Frau Lambrecht setzte sich auf einen herbeigezogenen Hocker, der in der Nähe des Wohnzimmerschranks stand, welcher schon in die Jahre gekommen schien und sicherlich gerne gegen einen neuen ausgetauscht werden wollte.

Robert und Thekla schauten sich an. Robert kannte Theklas taktische Vorgehensweise sehr genau und er spürte etwas, als wolle sie sagen: „Fang Du an". Sie hatte bemerkt, dass sich Frau Lambrecht nicht zu ihnen in einen Sessel setzte, sondern sich lieber den Hocker heranzog, um den Tisch als „Abstandshalter" zwischen sich und den Kommissaren zu platzieren. Vielleicht tat sie das unbewusst, aber auch dies hätte, so hatte Thekla in psychologischen Seminaren der Kripo gelernt, immer mit einem gewissen Vermeidungsverhalten zu tun.

Robert rückte auf dem Sofa etwas nach vorne und setzte sich nun aufrecht auf die Kante, wobei er seine

Knie anzog, um nun eine aufrecht sitzende Position einzunehmen. Robert begann die Befragung, um erst einmal die unwichtigeren Fragen zu stellen und dann später Thekla die Möglichkeit zu geben, die eigentlich wichtigen Fragen zu verfassen. So hatten die Beiden über lange Zeit ein eingespieltes Duo ergeben, um mit wechselnder Fragestellung eine Verwirrung des Befragten zu erzielen. Auch das lernte man in der Polizeischule der Kripo.

»Frau Lambrecht, wir stellen uns die Frage, woher ihr Mann das Geld hatte, einen neuen Wagen zu finanzieren, wo er doch nach ihrer eigenen Aussage, bereits seit einem Jahr arbeitslos war. Hatte er als Laborleiter so viel verdient, dass die vierundsechzig Prozent Arbeitslosengeld für die Miete des Hauses, die Nebenkosten und die Lebenshaltungskosten ausreichten? Hatten Sie so viel Geld angespart, dass Ihr Mann sich den Wagen leisten konnte«? Robert wandte sich demonstrativ um und schaute auf den „in die Jahre gekommenen" Schrank, den älteren Teppich und die Couchgarnitur.

Frau Lambrecht riss Mund und Augen auf und tat sehr pikiert. »Was hat denn unsere finanzielle Situation mit dem Tod meines Mannes zu tun? Was erlauben Sie sich eigentlich, so tief in unserem Privatleben zu stöbern? Dazu brauche ich Ihnen wohl keine Auskünfte zu erteilen«, zischte sie Robert an.

Thekla und Robert spielten „guter Bulle, böser Bulle", so wie sie es bereits in vielen anderen Kriminalfällen getan hatten und was fast immer zum gewünschten Erfolg führte. Zu dem Erfolg, dass sich der Befragte in Widersprüche selber verfing. Thekla legte ihren rechten Unterarm quer über die Tischplatte und verkürzte psychologisch den Abstand zu Frau Lambrecht noch mehr, indem sie die Hand flach auf den Tisch legte, mit den Fingerspitzen in Richtung der Befragten.

»Frau Lambrecht«, Tekla legte eine äußerst beschwichtigende Tonart in ihre Worte, »mein Kollege meint es wahrscheinlich gar nicht so, wie es klingen mag. Es ist aber doch schon irgendwie komisch, - das mit dem Auto«.

Die angesprochene schaute Thekla fest in die Augen, bevor sie kopfnickend antwortete: »Das habe ich Ihnen doch bereits gestern gesagt. Ich weiß nicht, was mein Mann in den letzten Monaten angestellt hat, wenn er meist am Wochenende für zwei bis drei Tage wegfuhr und dann, wenn er wiederkam immer gut gelaunt und voller Freude Geld auf den Tisch legte. Er meinte dann immer, ich solle mir etwas gönnen und auch „gute Lebensmittel" kaufen. Einmal meinte er sogar, „wenn es so weiter geht, ziehen wir hier bald aus und suchen uns was Besseres". Was genau er damit meinte, wollte er mir nicht sagen. Ich solle nicht so viel fragen, sagte er nur«.

Nun übernahm Robert wieder die Initiative. »Und Ihre Söhne«? fragte er, »Was sagen die zu den ominösen Machenschaften ihres Vaters? Wussten sie denn von dem, was ihr Vater auf den „Wochenendtouren" anstellte? Wo sind sie überhaupt? Wir würden auch gerne Ihre Söhne befragen«.

»Lassen Sie doch meine Söhne aus dem Spiel. Es wird ja immer schöner, wie Sie unsere Familie in die Ermittlungen zum Tod meines Mannes mit in die Sache hineinziehen«, zischte sie Robert entgegen.

»Mein Kollege fragt doch nur, ob Ihre Söhne uns vielleicht bei der Aufklärung des Todes helfen können, indem sie uns sachdienliche Hinweise geben könnten«, hakte Thekla in der beruhigenden Tonlage nach.

»Meine Söhne sind bei der Arbeit. Das ist eine sehr schwere körperliche Arbeit als Dachdecker. Sie haben ja gestern die Muskeln gesehen, die beide haben. Das kommt von der schweren Schlepperei«.

»Und von der Muckibude …«, schob Robert nach.

»Ja und«? zischte Frau Lambrecht in Richtung Robert. Die geben halt viel Geld für ihre körperliche Fitness und ihren durchtrainierten Körper aus«, dabei schaute sie Robert genauer an. »Das würde Ihnen wahrscheinlich auch nicht schaden«

Thekla musste ihr Lachen verbergen. Hatte die Frau doch tatsächlich Recht. Die vielen Currywürste von „Imbiss Paul" in Kaldauen sowie die leckeren Schnitzel beim Restaurant "Zum alten Stallberg" an der Siegburger Zeithstraße, hatten schon sichtbare Spuren hinterlassen. Ebenso das abendliche „Warsteiner Pils" und die „Männertreffen" mit seinen Kumpels.

Thekla schaltete sich wieder ein: »Es ist wirklich im Rahmen unserer Gesamtermittlungen nötig, dass wir auch Ihre Söhne befragen», sagte sie beruhigend. Wir müssen uns oft ein Bild aus ganz vielen Puzzlesteinen zusammenstellen, um so einem Täter auf die Spur zu kommen. Können Sie also bitte Ihren Söhnen ausrichten, dass sie sich, wenn sie von der Arbeit kommen, am heutigen Nachmittag im Polizeipräsidium zu einer Befragung einfinden? Es wäre schon sehr wichtig, - und nochmal, wir verdächtigen hier keinen sondern wir befragen nur.

»Ja, ist ja gut, ich sage den Beiden Bescheid. Sie sind meistens gegen sechzehn Uhr zu Hause aber ich kann sie anrufen, dass sie zuerst bei Ihnen vorbeikommen«.

Thekla stand auf, reichte Frau Lambrecht die Hand und verabschiedete sich mit den Worten: »Hoffentlich finden wir den Täter recht schnell, damit auch Sie mit der Sache abschließen können und der Trauerprozess nicht noch um die Frage des „warum?" weiter belastet wird. Sie schaute Robert an und zuckte dabei mit ihrem Kopf in Richtung Türe. Vor der Haustüre stehend meinte sie dann: »Hast Du gemerkt, sie scheint mehr zu wissen als sie zuzugeben mag. Irgendwie mauert sie.

*

Der Sicherheitsmitarbeiter des Wachschutzes ließ die Schranke an der Toreinfahrt nach oben schwenken, als er den Dienstausweis sah, den Lisa von innen gegen die Frontscheibe des Dienstwagens hielt. Es war gut möglich, dass der Mann lediglich einen Ausweis sah und instinktiv die Schranke öffnete, so wie er es täglich an die vierhundert Mal praktizierte. Möglicherweise hatte er noch nicht einmal registriert, dass Lisa von der Kripo war. Sie fuhr nun Schrittgeschwindigkeit und orientierte sich an den aufgestellten Wegweisern. „Personalbüro" las sie auf einem Schild. Genau da wollte sie hin. Vor einem zweigeschossigen Gebäude parkte sie auf dem Besucherparkplatz und betrat den Eingangsbereich. Eigentlich hatte sie erwartet, hier auf einen weiteren Pförtner oder zumindest auf eine Rezeption zu treffen, doch stattdessen war an der Wand eine große Hinweistafel mit Namen der Sachbearbeiter und den Zimmernummern, angebracht. „Personalchef" Mathias Bromann, Zimmer 107, stand an oberster Stelle des Schildes. Lisa stieg die geschwungene Treppe hinauf ins erste Obergeschoss. Sie schritt den Flur entlang der Türen und blieb vor „107" stehen. Hier war aber keine Türklinke vorhanden und Lisa ging zur nächsten Türe, auf dessen Schild stand „Vorzimmer, Personalbüro". Hier klopfte sie, - zunächst zaghaft, dann etwas stärker. Als niemand antwortete öffnete sie die Zimmertüre und schaute in das Büro. Es war niemand da und Lisa wollte bereits die Türe wieder schließen, um auf dem Flur zu warten, als sie ein leises Stöhnen aus dem Nachbarbüro vernahm, dessen Zwischentüre nur angelehnt war. Lisa ging zu dieser Türe, klopfte leise und öffnet die Türe einen Spalt breit. Sie schaute in ein riesiges Zimmer in dessen Mitte ein gewaltiger Schreibtisch vor einer Fensterfront stand, dessen Scheiben bis zum Fußboden rechten. Sie schaute gegen den Rücken eines aufrechtstehenden älteren Mannes, der sich mit seinen ausgestreckten Armen auf dem

Schreibtisch abstützte und mit erhobenem Kopf nach außen zu schauen schien. Dabei schien er sehr nach Luft zu schnappen und zu stöhnen. Erschrocken lief Lisa um den Schreibtisch herum, da sie vermutete, dem Mann ginge es nicht gut und er hätte möglicherweise einen Herzinfarkt. Dass dem nicht so war, bemerkte sie, als sie Monika Lewiny vor dem Mann kniend sah. Monika hatte ihre Seidenbluse komplett aufgeknöpft, die seitlich neben ihren prallen Brüsten nach rechts und links herunterhing. Sie hatte die Männlichkeit des Personalleiters mit ihren Lippen umschlossen. Als sie Lisa bemerkte, riss sie ihre Augen weit auf und schaute die Kommissarin an. Auch Herr Bromann schaute in Lisas Richtung, doch es war zu spät. Die extra für dieses Vorstellungsgespräch gekaufte Seidenbluse wurde durch mehrere Tropfen versaut. Der Rest landete in Monikas Haaren und auf dem Boden.

»Entschuldigung« sagte Lisa laut, »ich warte draußen bis hier alles wieder in Ordnung ist«. Eilig verließ sie den Raum und auch das Vorzimmer, da sie lieber auf dem Flur warten wollte.

Bald darauf kam die junge Frau hinaus auf den Flur. Sie hatte sich die Bluse wieder ordentlich in den Rockbund geschoben und das Haar gerichtet. Errötet aber dennoch lächelnd, schaute sie Lisa ins Gesicht.

Mit den Worten „Ich habe den Praktikantenvertrag" ging sie lächelnd wippenden Schrittes in Richtung der Treppe, die ins Erdgeschoss führte. Dabei hielt sie die losen Blätter des Vertrages mit ausgestrecktem rechtem Arm nach oben in die Luft.

Lisa wartete noch einige Minuten. Dann wurde es ihr zu bunt und sie ging, diesmal ohne zu klopfen, durch das Vorzimmer ins Büro des Personalchefs. Dieser saß zurückgelehnt in seinem fetten Polstersessel mit zurückgestellter Rückenliege und telefonierte lachend. Lisa war mit wenigen Schritten am Schreibtisch und holte mit ernster Miene ihren Dienstausweis aus ihrer Tasche. Nachdem sie dem Mann den Ausweis nur wenige Zentimeter vor die Nase gehalten hatte, meinte sie laut: »Lisa Drollig, Kripo Siegburg«!

Mathias Bromann gefror sein breites Grinsen und er beendete augenblicklich das Telefonat. »Kriminalpolizei«? fragte er erstaunt, »was kann ich für Sie tun«?

Lisa erzählte vom Tod des ehemaligen Mitarbeiters. Nachdem sie erfuhr, dass Herr Wolfgang Lambrecht als Entwicklungsleiter der Abteilung Pharmastoffe tätig war, wollte sie wissen, was zu der Kündigung des qualifizierten Mitarbeiters geführt hatte.

»Mir war zu Ohren gekommen, dass sich der Mann mehreren Mitarbeiterinnen seiner Abteilung gegenüber mit sexuellen Absichten genähert hatte. Dies ist selbstverständlich in unserem Konzern absolut nicht akzeptabel«, sagte der Personalchef, wobei er sofort ein rotes Gesicht bekam. Es schien ihm heiß zu werden, denn er lockerte seine, wieder angelegte, Krawatte und öffnete den obersten Knopf seines Hemdes.

»Nun, - wenn dem wirklich so ist, dann würde ich an Ihrer Stelle beginnen, meine persönlichen Sachen hier im Büro schon einmal einzupacken«, antwortete Lisa, stand vor dem Schreibtisch und beugte sich vor, wobei sie demonstrativ auf die Flecken, nahe des Bürostuhls blickte. »Wie komme ich zu den ehemaligen Kollegen des Toten? Ich habe da noch einige Fragen«?

Aufgrund der Tatsache, dass Lisa ihm quasi den Hals zugeschnürt hatte mit der Bemerkung seiner persönlichen Sachen, beschrieb er ihr, ohne lange zu überlegen, was er sagte, den kürzesten Weg ins Zentrallabor.

*

Peter Ludwig war bei seinen Ermittlungen hinsichtlich des verschwundenen Wagens des Toten nicht weit gekommen. Auf Nachfrage an der Rezeption des Hotels, das an dem großen öffentlichen Parkplatz am Fuße des Michelsbergs grenzt, wurde die Hotelleitung gerufen. Schließlich handelte es sich um eine polizeiliche Ermittlung und die Rezeptionistin meinte, hier würde besser der Inhaber des Hotels hinzugezogen. Freundlich lächelnd und mit ausgestreckter Hand, kam Peter Ludwig ein elegant gekleideter Mann, etwa Anfang fünfzig, entgegen. Beide gingen in die Tiefgarage des Hotels und suchten nach dem Kennzeichen, auf das der Wagen des Toten zugelassen war.

»Nun, - leider kann ich Ihnen in der Sache nicht weiterhelfen«, sagte der Hotelinhaber und reichte Peter, der die Aussage mit einem traurig klingenden »schade« beantwortete, die Hand. Auf dem Weg ins Präsidium, den er zu Fuß zurückgelegt hatte, da es sich lediglich um ein paar Hundert Meter handelte, überlegte er, wo sich der Wagen befinden könne und ob die Meldung des Türstehers hinsichtlich der hilflos wirkenden Frau mit den beiden Kerlen, in irgendeiner Weise zusammenhängen könne. Die aufkommenden Gedanken zermürbten einen klaren Gedankengang.

Schließlich handelte es sich auf der einen Seite um zwei Tote am Michelsberg und auf der anderen Seite um eine mögliche sexuelle Belästigung nach einem Discobesuch. »Oder war die gefundene unbekleidete Leiche eventuell auch ein Opfer, das vorher in einer Disco gefügig gemacht wurde«? schoss es ihm durch den Kopf. Er überlegte weiter: »Die gefundene Substanz im Blut der Toten war kein bekanntes Mittel, um kurzzeitig den freien Willen einer Person auszuschalten«, er schüttelte den Kopf, »ein naher Zusammenhang würde wahrscheinlich nur theoretisch Bestand haben«. Trotzdem wollte er Thekla von seiner aufkeimenden Theorie berichten, schließlich legte Thekla bei den regelmäßig abendlich stattfindenden Teambesprechungen großen Wert auf Brainstorming.

*

Sybille Salz, die „gute Seele" der Dienstgruppe II im Siegburger Polizeipräsidium hatte gerade frischen Kaffee gekocht, als Peter ihr Büro betrat. »Leider mal wieder keinen Erfolg gehabt« sagte er betrübt. Sybille holte zwei große Tassen aus dem neben der Türe befindlichen Schrank, und goss Kaffee hinein und gab zwei Stück Zucker in die eine und etwas Milch in die andere. Danach rührte sie beide um und reichte die Tasse mit dem süßen Kaffee Peter. Die Beiden waren schon fast zwanzig Jahre gemeinsame Kollegen bei der

Polizei. Zunächst hatten sie als Streifenpolizisten, in der im Hause befindlichen Wache begonnen, um sich dann für den Bereich Mordkommission weiter zu qualifizieren. Sie kannten sich und die Vorlieben des anderen recht gut, waren aber Beide niemals auf den Gedanken gekommen, auch privat ein Paar zu werden, obwohl sie sich beruflich blind auf den anderen verlassen konnten. Beide hatten einen jeweils anderen Partner kennengelernt und führten harmonische Ehen.

»Hier, trink erstmal einen guten Kaffee«, meinte Sybille aufmunternd, »danach sieht die Welt gleich besser aus«, fügte sie schmunzelnd hinzu. Beide erzählten über gemeinsame Fälle, die sie während ihrer Dienstzeit erlebt hatten. Über Erfolge und Misserfolge und über die manchmal verworrenen Wege, die zur Aufklärung von einigen Fällen geführt hatten. Zwischendrin schüttete Sybille in die leeren Tassen Kaffee nach und die Beiden hatten sich verplaudert, als plötzlich die Türe aufging und Robert, gefolgt von Thekla, das Büro betrat.

»Kaffeepäuschen«? fragte er die Beiden, als er sich in die Richtung eines freien Stuhls begab.

»Oh fein«, sprach Thekla weiter. »Einen frischen Kaffee kann ich jetzt auch gut gebrauchen«.

Sybille erhob sich von ihrem Stuhl, holte zwei
weitere Tassen aus dem Schrank und hob die kleine
Thermoskanne der Kaffeemaschine hoch. Sie
schüttelte die Kanne leicht hin und her, bemerkte dabei
jedoch, dass sie und Peter die Kanne fast geleert
hatten. »Ich mach sofort frischen Kaffee«, beeilte sie
sich zu sagen, als sie auch schon die Türe zum Flur
geöffnet hatte und auf dem Flur verschwand, um
frisches Wasser zu holen.

Unterdessen erzählte Peter von seinen
Überlegungen, die er auf dem Weg vom Hotel zum
Präsidium gemacht hatte.

»Ob es dazu kausale Zusammenhänge geben
könnte, besprechen wir am besten heute Abend
gemeinsam mit den anderen, wenn wir die
Ermittlungsergebnisse des heutigen Tages
zusammentragen und erkunden, ob sich die Ergebnisse
irgendwie verknüpfen lassen«, meinte Thekla, die
gerade sah, wie sich die Bürotür wieder öffnete und
Sybille mit frischem Wasser hereinkam. In diesem
Moment klingelte Theklas Handy und als sie auf das
Display schaute, meinte sie: »Bollenkamp«?

Nach Beendigung des kurzen Gespräches, schaute
Thekla in die Runde der Anwesenden und meinte
während sie aufstand, um sich ihre Jacke wieder

anzuziehen: »Der Wagen des Toten ist gefunden worden«. Auf dem Weg zum Aufzug erzählte sie Robert und Peter, der den Beiden folgte, dass ein Kollege der Streifenpolizei, nachdem er eben seinen Frühdienst beendet hatte und mit seiner Freundin am Markt etwas einkaufen wollte etwas bemerkt hatte. Weder am Finanzamt noch in der Mühlenstraße im Bereich des Marktes fand er einen Parkplatz und so fuhr er in die öffentliche Tiefgarage in der Zeughausstraße zwischen der Mühlenstraße und der Annostraße. Beim Verlassen des Fahrzeugs im zweiten Untergeschoss schlenderte er mit seiner Freundin in die Richtung des Ausgangs. Er sah sich flüchtig um, bemerkte aber plötzlich ein bestimmtes Kennzeichen eines in der Ecke geparkten Fahrzeugs. Da er im Laufe seines Frühdienstes unter anderem nach der Fahndung eines Fahrzeuges mit genau diesem Kennzeichen beschäftigt war, blieb es ihm noch präsent im Gedächtnis. Er verständigte die Kollegen in der Wache und diese informierten wiederum Fred Bollenkamp, da die Fahndung nach dem Fahrzeug von ihm ausgelöst wurde«.

Thekla befuhr die Einfahrt in die Tiefgarage etwas forsch und berührte fast den Mittelpfeiler der schmalen Abfahrt vor der Einfahrtschranke. »Ui«, bemerkte Peter, der auf dem Rücksitz des kleinen hellgrünen Flitzers Platz genommen hatte, »das war knapp«.

Robert dachte, Thekla würde jetzt Peters Bemerkung lautstark kommentieren, doch er irrte sich. Er hingegen hatte gelernt, den Fahrstil seiner Lebensgefährtin nicht zu beanstanden. Als er diesen Versuch auf der Rückfahrt einer Ermittlungsfahrt in Meckenheim einmal machte, hielt Thekla abrupt an und schmiss ihn aus dem Auto. Damals musste er zu Fuß zum Meckenheimer Bahnhof gehen und dann mit dem Zug zunächst nach Bonn fahren, um dann die Straßenbahn nach Siegburg zu nehmen. Thekla hielt neben dem mit rot-weißem Flatterband abgesperrten Bereich im zweiten Untergeschoß. Die Kollegen der Spurensicherung waren bereits mit ihren weißen Overalls bekleidet und dabei, den Wagen mit einem Spezialschlüssel, zu öffnen. Als die Alarmanlage losschrillte, betätigten sie schnell den Hebel zum Öffnen der Motorhaube und unterbrachen die Stromzufuhr der Alarmanlage.

»Warum untersucht Ihr den Wagen hier und schleppt ihn nicht in die Werkstatt des Präsidiums«? fragte Thekla den Leiter des Teams.

Dieser zeigte auf die niedrige Deckenhöhe und den engen Winkel zur Auffahrt. »Wie sollen wir hier mit einem Abschleppwagen hineinkommen oder mit einem Abschleppseil den Wagen nach oben ziehen«? fragte er, »das ist unmöglich«.

Thekla wurde schlagartig bewusst, dass diese Frage eigentlich zu naiv war, um von einer Kriminalbeamtin gestellt zu werden. Sie hielt sich die flache rechte Hand gegen die Stirn und meinte: »Natürlich, - Du hast vollkommen Recht. Wahrscheinlich bin ich mit dem Zusammenführen der bisherigen Ermittlungsergebnisse so sehr beschäftigt, dass ich banale Kleinigkeiten die nicht in meinem Ressort liegen, übersehe. Kannst Du schon etwas über den Wagen sagen«?

Der Kollege schüttelte den Kopf, als er sagte: »Wir sind doch auch gerade erst gekommen. Du bekommst in gut einer Stunde die erste Spurenlage auf Deinen Schreibtisch. Wir untersuchen den Wagen jetzt nach Haaren und Faserspuren auf den Sitzen, Zigarettenstummel und Papierschnipsel im Aschenbescher und nach Spuren im Kofferraum, sowie Fingerabdrücken im Wageninneren. Wie gesagt, die ersten Ergebnisse in einer Stunde. DNA-Analysen und Fingerabdruckabgleich dann etwa morgen früh«.

Thekla legte dem Kollegen, den sie bereits mehrere Jahre kannte und von dem sie wusste, dass er seinen Job verdammt ernst nahm und immer präzise Ergebnisse ablieferte, ihre Hand auf die Schulter und sagte ruhig: »Alles klar Kollege«.

Wieder zurück im Präsidium, schritten die drei den Flur in der zweiten Etage entlang, - jeder mit einem in Alufolie eingewickelten Döner, die sie sich eben noch schnell beim Griechen nebenan geholt hatten. Sie hatten großen Hunger und freuten sich darauf, endlich diese Speise in ihren Büros genießen zu können. Doch daraus sollte nichts werden. Die Türe von Sybilles Büro öffnete sich und sie hörten Sybille rufen: »Warten Sie doch noch ein paar Minuten. Die Kommissarin wird jeden Moment wieder hier sein«. Dann erschienen auf dem Flur zwei große junge Männer, bekleidet mit großkarierten „Holzfällerhemden" und schwarzen Cordhosen. Diese wurden gehalten von jeweils einem breiten Ledergürtel an deren Schlaufe ein Zimmermannshammer hing. Es waren die Brüder Lambrecht, die nach ihrem Feierabend sofort ins Präsidium kamen und nicht zuerst nach Hause fuhren, um sich umzuziehen. Einen leicht markanten Schweißgeruch nahm Thekla sofort wahr, als sie die Beiden erreichte. Sie reichte ihren Döner mit ausgestrecktem Arm nach hinten und bot den Beiden ihre Hand zur Begrüßung. »Thekla Sommer« sagte sie freundlich lächelnd, da sie von der Erscheinung dieser gut gebauten Männer angetan zu sein schien, »schön, dass Sie sich die Zeit genommen haben für eine kurze Befragung, hinsichtlich des Todes Ihres Vaters«.

Im Besprechungsraum, in den die beiden Männer zusammen mit Thekla, Robert und Peter gingen, setzten sich alle räumlich verteilt um den ovalen Tisch. Die Beiden erzählten, dass sie kein sonderlich gutes Verhältnis zu ihrem Vater mehr hatten, seitdem er seine Arbeit verloren hatte. Er hatte sich sehr verändert. Seine Laune und sein psychischer Zustand schienen angeschlagen zu sein. So sehr, - dass er nicht nur der Mutter gegenüber immer wieder ausfallend wurde, sondern auch rumschnautzte, wenn die Jungs sich ihm annähern wollten. Auch hatten die Beiden keine Ahnung, wie er sich einen solchen Neuwagen kaufen konnte und warum er sehr oft am Wochenende einfach das Haus verließ und erst einige Tage später dann wieder gut gelaunt zu Hause erschien. Ebenfalls sei die Veränderung des Gemütszustandes den jeweiligen Freundinnen der Zwillinge aufgefallen, die sich zuvor immer sehr gut mit dem Vater verstanden hätten und die er bei den Begegnungen immer mit Umarmung und Wangenküsschen begrüßt hatte.

»Ach«, unterbrach Robert, »Sie haben beide eine Freundin«? Er hatte sich nämlich bereits gedanklich zurechtgelegt, dass die Beiden mit dem toten Mädchen vom Michaelsberg und den unaufgeklärten Fällen der Vermisstenstelle zu tun hätten.

Thekla schaute Robert fragend an. Auch die beiden Zwillingsbrüder schauten, aber nicht fragend, sondern eher abwertend. »Meinen Sie wir wären schwul«? fragte einer der beiden Brüder abfällig und erhob sich von seinem Stuhl. Sein Zwilling tat es ihm gleich, aber nicht um sich gegen Robert zu stellen, sondern zur Zimmertüre zu gehen, die die Beiden mit wenigen Schritten erreicht hatten. »Wir sehen die Befragung als beendet an«, sagten sie und verließen den Raum.

»Wie kannst Du auch immer diese unüberlegten Fragen stellen? Du bist es jetzt schuld, dass wir nichts weiter herausbekommen haben. Du weißt genau, dass eine Befragung anders als eine Vernehmung, immer auf freiwilliger Basis geschieht und wir keine Befugnis haben, die Beiden länger hier zu halten«. Thekla war stinkesauer auf Robert. Sie ging schnell zur Türe, um den Beiden noch für die Zeit zu danken, die sie sich genommen hatten. Vielleicht würden sie ja aufgrund dieser Geste noch einmal zurückkommen. Doch die Beiden waren bereits am Ende des Flures und im Treppenhaus neben dem Aufzug verschwunden. Stattdessen öffnete sich die Aufzugtüre und Lisa Drollig und ein Kollege von Theklas Team aus der anderen Dienstgruppe der Mordkommission, traten heraus. Thekla winkte den Beiden zu und bat sie, in den Besprechungsraum zu kommen.

»Dann können wir ja gleich mit dem täglichen Zusammentragen der ermittelten Ergebnisse beginnen«, sagte sie, »die anderen sind schon hier drin«.

»Ich habe nichts Verdächtiges auf dem Gelände der ehemaligen Phrix-Werke feststellen können, was auf eine Gewalttat dieses gemeldeten Türstehers hinweisen könnte. Auf dem Teilstück des Weges, welches in Richtung der Wahnbachtalstraße führt, sind zwei verfallen wirkende Gebäude aus roten Backsteinen. Das eine davon ist so verfallen, dass nur noch das Erdgeschoss erhalten ist. Dieses Gebäude habe ich durch das nur noch zur Hälfte stehende Eingangstor betreten. Nichts deutete darauf hin, dass das Gebäude in letzter Zeit betreten wurde. Zwar war die Treppe ins Untergeschoss zur Hälfte von Staub befreit, so als seien Säcke hinuntergezogen worden, aber das schwere eiserne Stahltor ins Untergeschoss war verschlossen. In das andere danebenstehende Gebäude kam ich erst gar nicht rein. Hier war das Eingangstor mit Eisenschienen die diagonal über das Tor geschweißt wurden, so verschlossen, dass ein Eindringen vermutlich nach Stilllegung des Werkes, verhindert werden sollte«. Der Kollege aus dem anderen Team der Mordkommission beendete seine Worte mit einem Achselzucken.

»Habt Ihr versucht den Türsteher ausfindig zu machen, um die Befragung hinsichtlich der vermisst gemeldeten jungen Frau, zu verfeinern«?

»Der Club hatte noch geschlossen. Ich dachte mir, das würde ich heute Abend nach Öffnung der Lokalität übernehmen«

»Ein guter Gedanke«, äußerte Thekla. »Wo ist denn ihr anderer Kollege überhaupt. War er bei den Ermittlungen nicht dabei«?

»Er hat sich krankgemeldet, nachdem er plötzlich starke Magenbeschwerden bekam, als wir heute Morgen auf dem Weg zu der untersuchenden Stelle waren«.

»Magenbeschwerden«? fragte Lisa, »so plötzlich«?

»Wahrscheinlich ist ihm die Ansage von Thekla auf den Magen geschlagen«, meinte Robert lächelnd, der Thekla als Dienstgruppenleiterin umgehen wollte. Alle fingen an zu schmunzeln.

»Lisa, - erzähl mal, - wie war es mit Deinen Ermittlungen«? wandte sich Thekla an die, ihr gegenübersitzende Kollegin.

Lisa erzählte von der jungen Frau im Büro des Personalchefs und wie sich diese eine Stelle als Betriebspraktikantin verdienen musste. Ebenfalls erzählte Lisa, dass Herr Lambrecht seine Anstellung verlor, weil er sich angeblich mehreren seiner Mitarbeiterinnen gegenüber, sexuell anzüglich verhalten hätte. Bei der Befragung ehemaliger Kollegen im Betriebslabor hatte Lisa von einem seinerzeit befreundeten Kollegen des Toten erfahren, dass er ihm anvertraut hatte, er hätte gewisse Leute kennengelernt, die ihm künftig sehr gute Nebeneinkünfte ermöglichen würden. Um was es sich dabei genau handelte, wollte er dem Kollegen nicht erläutern.

»Künftig sorgenfreies Leben«? wollte Thekla wissen, »und das vertraut er nicht seiner Familie an? Handelt es sich dabei um illegale Geschäfte, die er mit seiner Tätigkeit als Laborleiter verknüpfen wollte oder mit den Forschungsergebnissen, die er erforscht hatte«?

Thekla schaute fragend in die Runde. »Wir werden uns morgen früh, nachdem wir die genauen Analysen der Spurensuche aus dem Auto erhalten haben, erneut beraten, wie und in welchen Richtungen wir weiterhin ermitteln. Bis dahin sage ich …«

97

Die Türe zum Besprechungsraum wurde von außen ziemlich hektisch geöffnet und Sybille kam herein. Hastig sagte sie: »Entschuldigung, aber gerade kam die Meldung herein, dass sich auf dem ehemaligen Werksgelände, auf dem ihr heute ermittelt habt, zwei Schüsse gefallen seien. Ein SEK sei bereits alarmiert und auf dem Weg dahin«.

Alle sprangen sofort auf, griffen nach ihren Jacken, versicherten sich im Herauseilen, ob die Dienstwaffen im Gürtel- beziehungsweise Schulterhalfter in gesicherter Position waren und liefen die Treppen zu ihren Dienstwagen in der Tiefgarage herunter.

*

Am Abend vorher, die Geschäfte auf dem ehemaligen Betriebsgelände der Kammgarnspinnerei zwischen Wilhelm-Oswald-Straße und Wahnbachtalstraße, bereiteten sich auf den Feierabend vor und räumten die Warenständer in die Läden ein. Die beiden breitschultrigen Männer mit der zwischen ihnen stark torkelnden jungen Frau, betraten die halb zerfallene Lagerhalle aus rotem Backstein. Als sie die Treppe ins Untergeschoß gehen wollten, sackte die Frau wie ein Sack in sich zusammen. Einer der beiden Männer meinte: »Du verdammte Schlampe, - wir haben Dich jetzt weit genug gestützt und getragen, -

dann bleib doch einfach auf Deinem Arsch sitzen«. Sie
zogen die von den KO-Tropfen betäubte Frau, die sie
ihr in der Diskothek ins Glas geschüttet hatten, einfach
auf ihrem Po sitzend die Treppe hinunter. Nachdem die
große Stahltüre aufgeschlossen und die Frau ins Innere
des Lagerraumes verbracht wurde, hob einer der
beiden Männer ruckartig die Hand und hielt den
ausgestreckten Zeigefinger seiner rechten Hand vor
seinen Mund. Der andere reagierte sofort und schaute
sich im Raum um. Sie sahen, dass die Kiste, in der sie
das Mädchen gelegt hatten, welches sie nach der
Injektion in ihren Arm, für tot hielten, geöffnet war.
Langsam schlichen sie zur Kiste und schauten hinein.
Dann folgten sie mit ihren Blicken den Spuren im
Staub auf dem Boden. Diese führten zu der
angrenzenden Halle, in dem das andere Mädchen mit
der Kette um deren Hals, an der Wand gefangen
gehalten wurde. Langsam hoben sie das mitgebrachte
torkelnde Mädchen wieder hoch und schleiften es
zwischen sich, leise in die Richtung der nur einen Spalt
geöffneten Zwischentüre. Sie waren sich sicher, diese
Tür beim Verlassen des Untergeschosses verschlossen
zu haben. Nun standen die Drei nur wenige Zentimeter
vor dieser Türe. Die beiden Männer schauten sich an
und mit Zeichensprache verständigten sie sich darauf,
das Mädchen zwischen ihnen, durch die geöffnete Türe
hereinzuschieben, bevor sie dann selber nachsehen

würden, was sich im Inneren dieses Raumes abgespielt haben musste.

Der Schlag mit der halb verrosteten Eisenstange traf die junge Frau mitten auf die Stirn und sie verlor, noch ehe sie auf dem Boden aufschlug, nun vollends das Bewusstsein. Die beiden Männer stürmten in den Raum und überraschten die jungen Frauen, die ihren ausgeklügelten Plan zwar umgesetzt aber die falsche Person überrumpelt hatten. Nachdem die eine wieder an die Wand gekettet und die andere mit Kabelbindern fixiert wurde, erwachte die Dritte aus der Bewusstlosigkeit. Auch dieses Mädchen wurde nun mit Kabelbindern fixiert und auch ihr wurde, für sie allerdings das erste Mal, eine Spritze mit einer unbekannten Substanz verabreicht. Nachdem nun alle Frauen gebändigt und in jeweils einer anderen Ecke lagen, wollte sich einer der Männer sexuell an ihnen abreagieren. Der andere hielt ihn jedoch zurück.

»Wir müssen uns mit „dem Alten" verabreden und das eigentliche Zeug beschaffen. Sein Auftraggeber will endlich Ergebnisse sehen. Komm, lass uns abhauen und morgen früh wieder kommen. Dann kannst Du immer noch die Mädels beglücken«.

Nachdem den Frauen noch jeweils eine Flasche Wasser hingestellt wurde, verschwanden die Beiden.

Den Wunsch nach etwas zu essen ignorierten sie,
nachdem eine der Frauen danach fragte. Am nächsten
Morgen kamen sie wieder mit einigen eben gekauften
Hamburgern aus dem Schnellrestaurant, das nur
wenige hundert Meter entfernt lag und rund um die
Uhr, Burger und ähnliches, verkaufte. Die drei
gefangenen Mädchen bekamen jeweils zwei
Hamburger, die sie gierig verschlangen. Einer der
beiden Männer, die mit Jeans und T-Shirts bekleidet
waren, öffnete eine mitgebrachte Pappschachtel und
entnahm dieser drei Spritzen mit einer bereits
aufgezogenen Substanz.

»So Ihr Lieben«, erklärte er, »heute ist der große
Tag. Ihr seid die glücklichen, an denen wir heute ein
Experiment testen, was den Rauschgiftmarkt
revolutionieren könnte. Gestern, beziehungsweise
vorgestern habt Ihr ein neuartiges Mittel bekommen,
was den Nachweis des Mittels, welches Ihr jetzt
bekommt, unmöglich machen soll. Es soll sozusagen,
den Nachweis jeglicher Droge eliminieren, bei
gleichzeitig vollkommenem Rausch. Egal ob bei
Heroin, Crack oder Haschisch, es wird nicht mehr
nachzuweisen sein. Heute bekommt Ihr Heroin
gespritzt«.

Die Mädchen strampelten wie wild umher und
schrien. Die nach dem Essen mit grauem Panzerband

zugeklebten Münder ließen jedoch keinen kräftigen Ton heraus. Lediglich ein Wimmern war zu hören. Da die Arme der Mädchen jeweils mit Kabelbindern fixiert waren, fiel es den beiden Männern nicht sonderlich schwer, unter Anwendung leichter Gewalt einer nach der anderen, jeweils eine Spritze in die Armbeuge, zu injizieren. Dabei jedoch, fiel einem der Männer, eine im hinteren Hosenbund mitgeführte Waffe, auf den Boden. Durch die Rangelei merkten die Männer es nicht und ein Mädchen kullerte sich zu der Pistole und legte sich darauf, um einen günstigen Zeitpunkt abzuwarten, die Waffe abfeuern zu können. Die Wirkung des gespritzten Heroins trat schnell ein, sodass das Mädchen mit der Pistole nicht mehr zielen konnte, sondern nur noch in der Gegend rumhantierte und die beiden kurz hintereinander abgefeuerten Kugeln nicht die Männer, sondern die schmale Scheibe traf, die in Höhe der Decke angebracht war und nun ein faustgroßes Loch aufwies. Die Kugeln durchschlugen die dicke Milchglasscheibe und trafen einen Lieferwagen, der gerade an dem Gebäude vorbeifuhr, um frisches Brot in den nahegelegenen Supermarkt, zu bringen.

*

Thekla und die anderen Kollegen legten, die etwa zweieinhalb Kilometer vom Präsidium bis zu dem

Gelände, welches sich schräg gegenüber des Siegwehrs befand, an dem auch der Siegburger Ruderverein sein Domizil hat, innerhalb kürzester Zeit zurück. Mit quietschenden Reifen stoppte Thekla ihren Twingo vor einem bereits gespannten Absperrband. Die Kollegen des mobilen Sondereinsatzkommandos waren bereits vor Ort und sicherten den Bereich, aus dem die Schüsse abgefeuert wurden und den Lieferwagen trafen, weiträumig ab. Thekla suchte den Einsatzleiter auf und ließ sich auf den Stand der Dinge bringen. Ein Kollege des SEKs, die alle in Tarnanzügen und mit schusssicheren Helmen ausgestattet waren, robbte sich auf dem Boden liegend, in die Nähe des Fensters, aus dem die Schüsse gekommen waren.

»Siehst Du den etwa zwei Meter langen Schlauch, den er in der Hand hat« fragte der Einsatzleiter.

Thekla nickte.

»An dem einen Ende, des etwa fünf Millimeter dicken Schlauches, ist eine Spezialkamera angebracht. Durch den Schlauch läuft eine Verkabelung bis zu einem Sender, den der Kollege am Körper trägt. Das Bild, das so erzeugt wird, sehen wir auf dem Monitor im Einsatzwagen hinter uns. So werden wir die Lage im inneren des Raumes absuchen. Nachdem der, auf dem Bauch liegende Mann, den Schlauch etwa zehn

Zentimeter in das Loch im Fenster gesteckt hatte, meldete ein anderer Kollege aus dem Einsatzwagen:

»Kontakt«

Der Einsatzleiter schaute sich das Bild auf dem Monitor an und sah die drei gekrümmt liegenden Mädchen und zwei Männer, die die hilflos wirkenden Mädchen an deren Brüsten berührten und sich grölend anheizten. Der Einsatzleiter winkte sechs seiner Kollegen, die sich zu einer Gruppe, nahe dem Eingang postiert hatten zu und deutete mit seiner Hand an, dass diese nun in das Gebäude gehen und sich im Untergeschoss platzieren sollten. Als diese über die, im Helm befindlichen Mikrofone angaben, ihre Position eingenommen zu haben, gab der Einsatzleiter den Befehl

»Zugriff«!

Der an dem Fenster liegende Mann, ließ durch das Loch im Fenster, eine Blendgranate in den Kellerbereich fallen. Zeitgleich stürmten die sechs anderen Kollegen in die Räume. Sie hatten alle ihre MPs im Anschlag und stürmten so, wie sie es in intensiven Trainings immer wieder übten, ins Innere der Lagerräume.

*

Die Festgenommenen legten noch am Ort des Geschehens umfassende Geständnisse ab. Thekla erfuhr, dass die erste, der gekidnappten Mädchen, nach der wohl überhöhten Dosis des „neuen" Mittels, verstorben sei und dass sie diese dann am Michaelsberg „entsorgt" hätten. Von einem toten Mann, der in der Nähe gefunden wurde, wussten sie nichts. Über ihren Auftraggeber konnten sie auch nichts Weiteres erzählen. Er hätte sich mit ihnen immer nur telefonisch ausgetauscht. Die entsprechenden Spritzen, seien an einem telefonisch mitgeteilten Ort hinterlegt worden, genauso wie die „Anzahlung" für ihre Dienste. Thekla notierte die Telefonnummer, unter der die Beiden den „Alten" erreichten. Die beiden Entführer und möglichen Dealer übergab sie dann später den Kollegen, der gerufenen Streifenwagenbesatzung, die die beiden Festgenommenen in Untersuchungshaft brachten.

»Also hängt der Fall Lambrecht gar nicht mit dem hiesigen zusammen«? fragte Peter Ludwig, der mit Lisa und Robert zum Einsatzwagen des SEK gekommen war.

»Und ich war mir sicher, dass die beiden Zwillinge mit dem Vater gemeinsame Sache gemacht hatten.

Schließlich hatte der Vater die Kenntnisse, eine chemische Verbindung herzustellen und diese dann, warum auch immer, gewissen Menschen zu injizieren«, gab Robert als Antwort, wobei er kopfschüttelnd in die Richtung zu Thekla schaute.

»Anscheinend haben wir uns geirrt und die Fälle versehentlich verknüpft«, gab Thekla zu, »es ist jetzt anscheinend so, dass wir diesen Fall an die Abteilung „organisierte Kriminalität" abtreten werden, vielleicht sogar ans LKA«.

*

»Also die Sache mit dem Theologiestudium ist wahrscheinlich nicht das Richtige für mich«, meinte David Sommer zu seiner Freundin Jana, während die Beiden im Außenbereich des Kaldauener Eiscafés einen Cappuccino tranken, »so wie ich gestern zugeschlagen habe. Ich habe halt nur noch „rot" gesehen, als der Typ Dich angemacht hatte«.

Jana legte ihre rechte Hand auf Davids linken Unterarm, den er auf die Tischplatte des Bistrotisches gelegt hatte. »Beruhige Dich doch endlich und vergiss den Vorfall. Ich bin so richtig stolz auf Dich, Du bist mein Held, - dem als „Schläger" bekannten Typen so eine reinzuhauen, das war echt toll von Dir«.

»Aber trotzdem«, zweifelte David, »ob ich jetzt noch der Richtige bin, den Namen Gottes in die Welt zu tragen, um Gewalttaten bereits im Keim, zu ersticken«?

»Aber überleg doch mal, mit welcher Begeisterung Du mit allen bis jetzt über diesen Studiengang gesprochen hast und nun zweifelst Du an Dir«?

»Wenn der Typ mich anzeigt und es kommt zu einer Gerichtsverhandlung, werde ich eventuell verurteilt. Dann kann ich das mit dem Theologiestudium sowieso vergessen«.

»Dann machst Du eben Deinen Bachelor in „Soziale Arbeit" und gehst als Sozialarbeiter in die Öffentlichkeit. So kannst Du auch dazu beitragen, die „dunkle Seite" der Menschen, zu bekämpfen. Außerdem würde das hervorragend zu meinem Studienwunsch der Psychologie passen«.

Davids Miene erhellte sich und er gab Jana einen sanften Kuss. »Es ist schön, wie Du es immer wieder schaffst, mir neue Wege zu zeigen und mich beruhigend motivierst«, sagte er liebevoll. Die Beiden waren jetzt seit fast zwei Jahren ein Paar und es klappte mit ihnen perfekt, wie David meinte.

*

Am frühen Morgen trafen sich die Mitarbeiter der Dienstgruppe II wieder im Besprechungsraum. Sybille hatte Kaffee gekocht und jeder nahm einen Schluck, bevor Thekla die Gesprächsrunde eröffnete.

»Die Ergebnisse der Spurensuche des toten Lambrecht liegen vor«, begann sie. »Nachdem der Fall des toten Mädchens vom Michelsberg, nach Absprache mit Fred an die Kollegen der organisierten Kriminalität abgegeben wurde, können wir uns nun voll und ganz der Aufklärung des Laborleiters widmen. In dem Fahrzeug wurden einige Spuren gefunden, die uns wertvolle Hinweise geben können. Zum einen wurden verschiedene Haare, wir reden hier von mindestens sieben unterschiedlichen Personen, gefunden. Der Haarlänge nach zu urteilen, allesamt von weiblichen Personen. Alleine die auf der Rückenlehne und der Kopfstütze des Fahrersitzes, stammen zweifelsfrei von dem Toten. Weiterhin fanden wir im Handschuhfach verschiedene Tankbelege. Diese stammen sowohl aus Polen als auch aus Tschechien. Das Auslesen des Navigationsgerätes ergab, dass der Wagen im letzten dreiviertel Jahr, mehrmals in Polen, genauer gesagt rund um Warschau aber auch mehrmals in Tschechien, rund um Prag, war«.

»Daher der hohe Kilometerstand bei einem doch recht neuwertigen Fahrzeug«, unterbrach Robert, der daraufhin einen strengen Blick von Thekla zugeworfen bekam«.

»Das interessanteste jedoch kommt jetzt. In der Mulde unter dem Reserverad fanden die Kollegen neun Pässe aus den Zielländern des Navis, die alle in einer Plastiktüte eingepackt waren. Alles Pässe junger Frauen im Alter von fünfzehn bis einundzwanzig Jahren«. Thekla schaute schweigend in die Runde.

»Menschenhändler«? fragte Lisa erschrocken.

»Das könnte durchaus sein«, meinte Thekla, »doch ist Menschenhandel meist in Kreisen gutorganisierter Banden zu finden, die über Ländergrenzen hinweg verknüpft sind und agieren. Soweit ich bei einer Fortbildung vor einigen Jahren erfahren habe, ist die Organisation und die Überführung von Frauen nach Deutschland, die hier meist in Hinterzimmern, der gewerbsmäßigen Prostitution unterworfen werden, aber so strukturiert, dass sich weder die Händler in den Entführungsländern, noch die Zuhälter hier, die Finger schmutzig machen. Die Gefahr, bei den steten Grenzübertritten in die Zielscheibe von Fahndungen zu geraten, ist diesen zu hoch. Man bedient sich hier sogenannter Kuriere. Diese bekommen dann von den

Auftraggebern ein entsprechendes „Transportgeld" je überführter Frau. Damals hieß es in dem Beitrag an der Polizeischule, es könne sich da schon mal um mehrere tausend Euro handeln«.

»Oh, da kann man sich ja schon ganz schön was verdienen«, meinte Robert lächelnd, was ihm diesmal von Lisa und der anwesenden Sybille böse Blicke einbrachte. Ein leises aber ernst gemeintes »Robert« kam ebenfalls von Lisas Seite.

»Meinst Du«? fragte Lisa, »Lambrecht könnte so ein Kurier gewesen sein«?

Thekla zuckte mit den Achseln.

»Jedenfalls haben wir nun endlich vernünftige Ermittlungsansätze«, sagte Robert, der nun von allen ein zustimmendes Kopfnicken erntete. »Nur, - wer hat ihn erschossen? Ich kann mir irgendwie nicht vorstellen, dass der Täter ein Auftraggeber beziehungsweise ein Zuhälter von ihm war, dem die eingeschleusten Mädchen aus irgendwelchen Gründen missfallen hatten«.

»Wieso kannst Du Dir das nicht vorstellen«? fragte Lisa.

»Herr Lambrecht wurde mit fünf Schüssen in den Oberkörper getötet. Das sieht mir nicht nach einer Hinrichtung durch einen Zuhälter oder einem anderen Profikiller aus. Hier vermute ich doch eher eine Übertötung, die durch Hass oder Wut hervorgerufen wurde«, antwortete Robert, der mit dem Einwand seine kriminalistisch angelesene Grundannahme zum Besten gab.

Thekla schaute ihn von der Seite an und nickte anerkennend. »Sehr gut«, meinte sie, »unter diesem Gesichtspunkt sind wir noch gar nicht an die Sache herangegangen. »Wer, glaubt Ihr, könnte denn hier für die Tat in Frage kommen, wenn man diese emotionsbedingten Aspekte mit hinzunimmt?«

»Jemand aus seinem näheren Umfeld«? warf Peter ein.

»Vielleicht jemand, der sowieso einen sehr engen und emotionalen Bezug zu ihm hatte«? ergänzte Lisa.

»Einer seiner Söhne? Oder vielleicht sogar seine Ehefrau, die die Straftat des Einschleusens von jungen und hilflosen ausländischen Mädchen herausgefunden hatte«? fragte Robert, der sich damit gut fühlte, auf eine eventuelle Spur, gestoßen zu sein.

»Vielleicht war es aber auch jemand anderes aus dem Verwandtschaftskreis, der zwar eine eventuelle Bindung, nicht jedoch eine enge Beziehung zu dem Opfer hatte. Ich denke da an einen Onkel, Neffen oder Cousin«. Thekla erhob sich von ihrem Sitzplatz. »Wir sollten zunächst nochmals die Witwe und die Söhne in die Mangel nehmen. Lisa und Peter, Ihr Beide nehmt Euch die Zwillinge noch einmal vor. Findet heraus, wo sie arbeiten und fahrt bitte dorthin. Vernehmt die Beiden getrennt voneinander. Somit dürfte vermieden werden, dass einer den anderen schützt, indem er sich auf die Aussage des anderen beruft oder diese bestätigt«.

Peter und Lisa sahen sich an und nickten dann gleichzeitig Thekla zu.

»Robert, - Du findest bitte heraus, welchen nahen Verwandten des Toten es gibt und vernimmst dabei den einen oder anderen, wenn jemand von ihnen im näheren Umfeld von Siegburg wohnt. Ich selbst werde noch einmal zu Frau Lambrecht fahren«.

»Ich würde lieber mit Dir fahren«, maulte Robert und zog dabei eine beleidigte Schnute.

»Ich halte es für sinnvoller, wenn ich diesmal alleine mit der Frau spreche. Nach Deinen letzten heftigen Bemerkungen, ist sie Dir bestimmt nicht gut gesonnen. Außerdem wird eine Frau einer anderen Frau gegenüber offener, wenn es um Beziehungen zum Lebenspartner geht«.

»Gehst Du deshalb so gerne mit Deiner alten Schulfreundin alleine in die Damensauna»?

Lisa schmunzelte, hatte sie doch Thekla und Sylvia, die sie mittlerweile ebenfalls als Freundin ansah, bereits mehrfach in die Bonner Sauna begleitet. Thekla jedoch schüttelte den Kopf und schaute Robert an, als würde sie ein Kindergartenkind anschauen. Was hatte diese Reaktion hier im Kreise von Kollegen bei einer Dienstbesprechung zu suchen.

»Wir werden nun so vorgehen, wie ich es sagte«, meinte Thekla in ernstem Ton.

Robert senkte beim Aufstehen seinen Kopf und vermied es, Thekla in die Augen zu sehen. Wusste er doch zu genau, dass sie Privat und Dienstlich streng trennte.

In der Tiefgarage begegnete ihnen Alfred Bollenkamp, der ihnen gerade von einer Besprechung im Parkhotel entgegenkam, an der er und ein Abgesandter des Innenministeriums sowie der

Siegburger Polizeipräsident und die Abteilungsleiter der einzelnen Referate teilgenommen hatten. Er ging auf Thekla zu und bat sie kurz auf die Seite. Als die anderen Kollegen aus Theklas Team an ihren Einsatzfahrzeugen waren, fragte er leise: »Wie weit seid Ihr in dem aktuellen Fall«?

Thekla antwortete erstaunt: »Wir glauben auf einer heißen Spur zu sein. Jeder von uns ist gerade zu verschieden Vernehmungen unterwegs«. Sie überlegte kurz, warum sie nun ebenfalls flüsterte?

»Wenn Ihr den Fall abgeschlossen habt, würde ich sehr gerne mit Dir und den anderen beiden Dienstgruppenleitern, der mir unterstellten Abteilung, ein vertrauliches Gespräch führen«, meinte Fred.

»Vertrauliches Gespräch«? überlegte Thekla, »Um was geht es denn«? fragte sie nun in normaler Lautstärke, »und wieso mit allen drei Gruppenleitern gleichzeitig«?

Die Kollegen von Thekla hatten bereits die Tiefgarage mit ihren Fahrzeugen verlassen. Fred ging mit Thekla noch einige Schritte vom Eingang ins Treppenhaus.

»Also gut, aber nur in Kurzfassung: Dem Innenministerium sind vermehrt Vermisstenfälle in Deutschland, - hauptsächlich in Nordrhein-Westfalen, aufgefallen. Deshalb sollen nun die einzelnen Polizeipräsidien prüfen, ob durch eventuelle Abteilungsreduzierungen, Kapazitäten geschaffen werden können, um die vorhandenen Abteilungen der Vermisstenstellen, aufzustocken. Dies soll, laut Vorgabe „von oben" ohne die Schaffung neuer Planstellen und somit ohne Neueinstellungen erfolgen«.

»Und was hat meine Dienstgruppe damit zu tun«? Thekla ahnte bereits, worauf es hinauslaufen würde, wollte allerdings von ihrem Vorgesetzten die mögliche Neuerung erfahren.

»Bei der eben stattgefundenen Besprechung hat sich in Bezug auf die Häufigkeit der Straftaten, herausgestellt, dass die Mordkommission unseres Präsidiums rein zahlenmäßig, die höchste Personalbindung hat. Dies bedeutet, wie bereits gesagt auf Anweisung „von oben", dass ich angehalten wurde, meine Abteilung zu verkleinern und eine meiner drei Dienstgruppen, den Kollegen der Vermisstenstelle als Verstärkung, zur Verfügung zu stellen«.

»Und Du verlangst jetzt von mir …?

Fred Bollenkamp legte beruhigend seine rechte
Hand auf Theklas linke Schulter. Das hatte er noch nie
getan. Immer war Fred darauf bedacht zu seinen
Mitarbeitern, den respektvollen Abstand einzuhalten,
nicht nur verbal, sondern auch körperlich. Thekla
merkte an dieser Geste, dass es ihrem Vorgesetzten
keinesfalls leicht, fallen würde, sich von einigen
Mitarbeitern zu trennen. »Thekla, - noch ist nichts
entschieden. Deshalb sagte ich bereits, ich würde mich
gerne mit allen drei Dienstgruppenleitern
zusammensetzen und die Situation durchsprechen. Die
Entscheidung, welche Dienstgruppe aufgelöst werden
wird, soll gemeinsam entschieden werden«.

Thekla senkte den Blick zu Boden der Tiefgarage,
als sie einen tiefen Seufzer ausstieß und sagte »Okay,
wir werden dann gemeinsamen beratschlagen«. Sie
drehte sich um und wollte zu ihrem Twingo gehen.

»Aber behalte diese Information bitte noch für
Dich. Die anderen wissen noch nicht Bescheid und ich
möchte, dass vor unserem Treffen kein anderer etwas
erfährt. Kann ich mich darauf verlassen«?

Thekla hob im Gehen ihre rechte Hand nach oben
und meinte: »Ja klar, - Du kannst mir vertrauen«

*

116

Ein älterer Mann klingelte in Begleitung einer etwa gleichaltrigen Frau am Eingang der Polizeiwache im Erdgeschoss des Polizeipräsidiums Siegburg. Die diensttuende Polizeihauptmeisterin Sigrid Lau sah im Monitor der Überwachungskamera zwei unscheinbar wirkende Personen. Über die Gegensprechanlage fragte sie: »Ja bitte, - was wünschen Sie«. Durch den angebrachten Lautsprecher, hörte sie jemanden in sehr gebrochenem Deutsch sagen: »Polizia? – Ja bitte«. Nochmals fragte Frau Lau: »Hier die Wache der Polizei, - was wünschen Sie«? Abermals sagte der Mann vor der Türe nur: »Polizia? - Ja bitte«. Bevor Frau Lau den automatischen Türdrücker betätigte, rief sie in den, hinter ihr befindlichen Aufenthaltsraum der Streifenbeamten, die sich nicht im Einsatz befanden, vorsorglich einen Kollegen. »Pass doch bitte einmal kurz mit auf. Hier ist eine unklare Lage«. Zwei männliche Kollegen traten in den Vorraum, in dem sich die Leitzentrale der Streifenwagenbesatzung und der Empfang von Personen befand, an die Tür. Die beiden, etwas gebrechlich wirkenden älteren Herrschaften traten ein und blieben vor der, mit einem Panzerglas, gesicherten Scheibe stehen. Wiederum fragte Frau Lau durch eine Gegensprechanlage: »Was können wir für Sie tun«? Hilflos schaute der Mann, die neben ihm stehende Frau an und nickte ihr zu. Sie öffnete ihre Handtasche, griff hinein und holte eine alte Pistole heraus.

Sofort rief Frau Lau, wie sie es in der Polizeischule gelernt hatte, laut: »Achtung Waffe«! Sowohl sie selbst, als auch die beiden Kollegen, die aus dem Aufenthaltsraum gekommen waren, zogen augenblicklich ihre Dienstwaffen, entsicherten diese und hielten sie in Richtung der beiden älteren Personen im Vorraum. Diese erschraken, ließen die Waffe auf den vor der Glasscheibe befindlichen Tresen fallen und rissen die Arme hoch. Frau Lau betätigte die Sprechanlage und befahl: »Sofort drei Meter zurücktreten, bis zur Wand«. Die beiden Personen reagierten nicht, sondern zeigten mit den Fingern auf ihre Ohren und schüttelten den Kopf. Sigrid Lau zeigte mit ihren Händen, deren Handflächen in Richtung der Beiden zeigten, nachdem sie kurzzeitig ihre Waffe abgelegt hatte, sie sollen zurücktreten. Dies befolgten die Beiden, die eben noch die Pistole aus der Tasche geholt hatten. Augenblicklich öffneten die Polizisten die Glastüre zwischen Vorraum und der „Leitstelle". Mit im Anschlag gehaltenen Waffen, stürmten sie in Richtung der Beiden und befahlen:» Umdrehen«. Als keine Reaktion erfolgte drehten die Polizisten nun selber die Personen um und hielten ihre Arme auf den Rücken. Frau Lau hatte unterdessen, die auf dem Tresen abgelegte Waffe sichergestellt und eilte den Kollegen zu Hilfe, indem sie den fixierten Personen Handschellen anlegte. Es stellte sich heraus, dass die Beiden kein Deutsch sprachen. Es wurde ein

Dolmetscher herbeigerufen, der vom Deutsch in Tschechisch übersetzen konnte. Die bereits vorläufig gesicherte Waffe, eine „Beretta M951", eine Selbstladepistole, die seinerzeit in Italien für die dortigen Streitkräfte entwickelt wurde, schloss die Polizeihauptmeisterin Sigrid Lau in den im hinteren Bereich befindlichen Wandtresor ein.

*

Thekla wollte gerade mit der allabendlich stattfindenden Besprechungsrunde beginnen, an der jeder seine Ermittlungsergebnisse, den anderen Kollegen bekannt gab, als plötzlich die Türe zum Besprechungsraum aufgestoßen wurde. Fred Bollenkamp trat mit einem Schritt ein, wobei er mit der rechten Hand immer noch die Türklinke festhielt. Freudestrahlend verkündete er: »Die Täter der männlichen Leiche vom Michelsberg haben sich gestellt und sind in Gewahrsam«.

Erstaunt blickten alle Mitglieder der Dienstgruppe, inklusive Sybille Salz, in Freds freudiges Gesicht.

»Aber wir sind doch noch mitten in den Ermittlungen«, widersprach Lisa Drollig, die es nicht fassen konnte.

Alfred Bollenkamp schüttelte den Kopf und winkte den Einwand mit der linken Hand einfach weg. Er trat nun gänzlich in den Besprechungsraum und schloss die Türe hinter sich. Dann begann er zu berichten:

»Am Nachmittag stellten sich zwei Personen in der Polizeiwache, die sich bei uns unten im Haus befindet. Sie legten die Tatwaffe auf den Tresen, bevor sie von den Kollegen festgenommen werden konnten. Da es sich um Tschechische Staatsbürger handelt, wurde ein vereidigter Dolmetscher hinzugezogen. Dieser übersetzte, dass die Beiden von ihrer siebzehnjährigen Tochter einen Brief bekommen hätten, den die Tochter heimlich schrieb und heimlich zur Post brachte. Darin teilte sie mit, dass sie nicht, wie versprochen, zu einem Arbeitgeber nach Deutschland gebracht wurde, um im Hotel, Geld zu verdienen und die Familie zu unterstützen, sondern mit einigen anderen Mädchen an Zuhälter verkauft wurde und nun der Prostitution nachgehen müsse. Den Pass hätte man ihr abgenommen und gesagt, sollte sie abhauen, würde man die Familie in Tschechien umbringen. Sie hatte sich das Kennzeichen gemerkt, mit dem sie über die Grenze nach Siegburg gebracht wurde. Ein Freund der Familie, ebenfalls Tscheche aber mit sehr guten Deutschkenntnissen, machte anhand des Kennzeichens den Halter ausfindig. Zu dritt fuhren sie dann von ihrem Heimatort nach Siegburg und gaben telefonisch

120

bei dem Fahrzeughalter an, man hätte für ihn junge Frauen, die bereit wären, sich ebenfalls in Deutschland zu prostituieren. Nach einigen Verhandlungen einigte man sich auf ein Treffen am Michaelsberg. Vor dem Treffen am Michaelsberg, habe sich der Freund der Familie verabschiedet und sei in sein Heimatland zurückgefahren. Man wollte ihn nicht mit in das folgende Geschehen einbinden. Sodann seien die beiden Eheleute zum Treffpunkt mit Herrn Lambrecht gegangen. Voller Wut und Hass, haben sie Herrn Lambrecht sofort hingerichtet«.

Robert schaute in die Runde der Kollegen, die mit verwunderten Augen am Tisch saßen. Dann meinte er schmunzelnd: »Auch eine Art, Probleme zu lösen und uns Ermittlungsarbeit zu ersparen«.

Thekla wandte sich wieder an Fred und fragte: »Warum haben sich denn die Eltern gestellt«?

»Der psychische Druck lastete zu schwer auf dem Mann, nachdem er sich dessen, was er getan hatte, bewusst wurde. Er hatte sich einen Tag zuvor mit seiner Frau beraten, kam dann aber zu dem Entschluss, sich hier in Deutschland zu stellen. In Tschechien warte, wie er aussagte, eine viel schlimmere Strafe auf ihn«.

*

Thekla lag auf der Couch ihres Wohnzimmers und schaute gegen die Decke, während Robert bei Frank Pritz, dem Inhaber des Restaurants „Zum alten Stallberg" die vorbestellten Speisen abholte. Sie dachte darüber nach, was Fred ihr in der Tiefgarage anvertraut hatte und worüber sie noch nicht reden durfte. Eine der drei bestehenden Dienstgruppen sollte aufgelöst und dem Dezernat „Vermisstenstelle" zugeordnet werden. Würde es sie und ihre Kollegen treffen? Wäre es vielleicht sogar etwas Positives, sich neuen Aufgaben zu widmen? Würden es alle aus ihrem Team genauso sehen und den Schritt in einen neuen Bereich wagen?

Thekla hörte, wie Robert die Haustüre aufschloss und in den Flur eintrat.

»Essen ist da«, rief er, »einen schönen Gruß von Frank soll ich bestellen«!

*

ENDE

Bisher erschienen in dieser Reihe:

Mord in Siegburg

Der **erste** Fall der Kommissarin Thekla Sommer

Mord in Bornheim

Der **zweite** Fall der Kommissarin Thekla Sommer

Mord in Rheinbach

Der **dritte** Fall der Kommissarin Thekla Somme

Mord in Sankt Augustin

Der **vierte** Fall der Kommissarin Thekla Sommer

Mord im Bonner "Regierungsviertel"

Der **fünfte** Fall der Kommissarin Thekla Sommer

Mord in Siegburg-Zentrum

Der **sechste** Fall der Kommissarin Thekla Sommer

Mord in Wesseling

Der **siebte** Fall der Kommissarin Thekla Sommer

Mord in Hennef

Der **achte** Fall der Kommissarin Thekla Sommer

Mord in Eitorf

Der **neunte** Fall der Kommissarin Thekla Sommer

Mord im Siebengebirge

Der **zehnte** Fall der Kommissarin Thekla Sommer

Morde mit "VX" (Trilogie)

> Teil 1/3 Troisdorf <

> Teil 2/3 Remagen <

> Teil 3/3 Heisterbach <

Der **elfte** Fall der Kommissarin Thekla Sommer

Mord in Niederkassel

Der **zwölfte** Fall der Kommissarin Thekla Sommer

Mord in Harmonie, -Ein Eitorf Krimi-

Der **13te** Fall der Kommissarin Thekla Sommer

Mord in Siegburg-Stallberg

Der **14te** Fall der Kommissarin Thekla Sommer

Mord in Bornheim-Walberberg

Der **15te** Fall der Kommissarin Thekla Sommer

Mord am Siegburger Michaelsberg

Der **16te** Fall der Kommissarin Thekla Sommer

Über den Autor:

Geboren 1958, in der Zeit des Wirtschaftswunders, verbrachte er seine Kindheit, mit zwei Schwestern und zwei Halbbrüdern, in Siegburg und dem ländlichen Windeck. Geprägt von dem idyllischen Umfeld, fühlte er sich in der Stadt nie so recht wohl und er suchte sein soziales Umfeld meist in ländlichen Regionen, wie Rheinbach, Meckenheim, Bornheim oder Herchen/Sieg.

Bereits im jungen Erwachsenenalter fing er an, seine Gedanken schweifen zu lassen und niederzuschreiben. Am Anfang war es mal ein Kinderbuch oder philosophische Zeilen. Als zertifizierter Psychologischer Berater folgte ein psychologisch/spirituelles Werk. Seit einiger Zeit entspringen Krimis (aus dem Rhein-Sieg-Kreis und dem Rheinland) seinen Gedanken und dem Werk seiner Phantasie. Hier legt er aber besonderen Wert auf umfangreiche, historische Recherche hinsichtlich der Schauplätze seiner Handlungen.